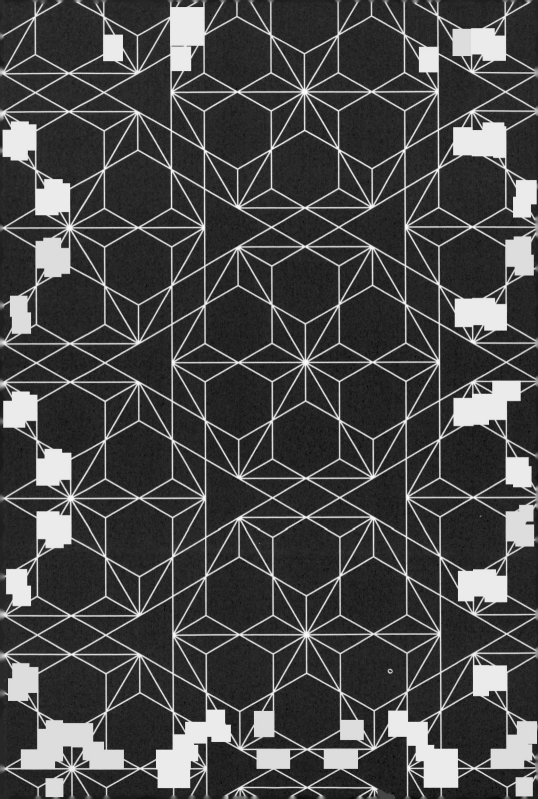

Contents

目錄

悪魔の舌

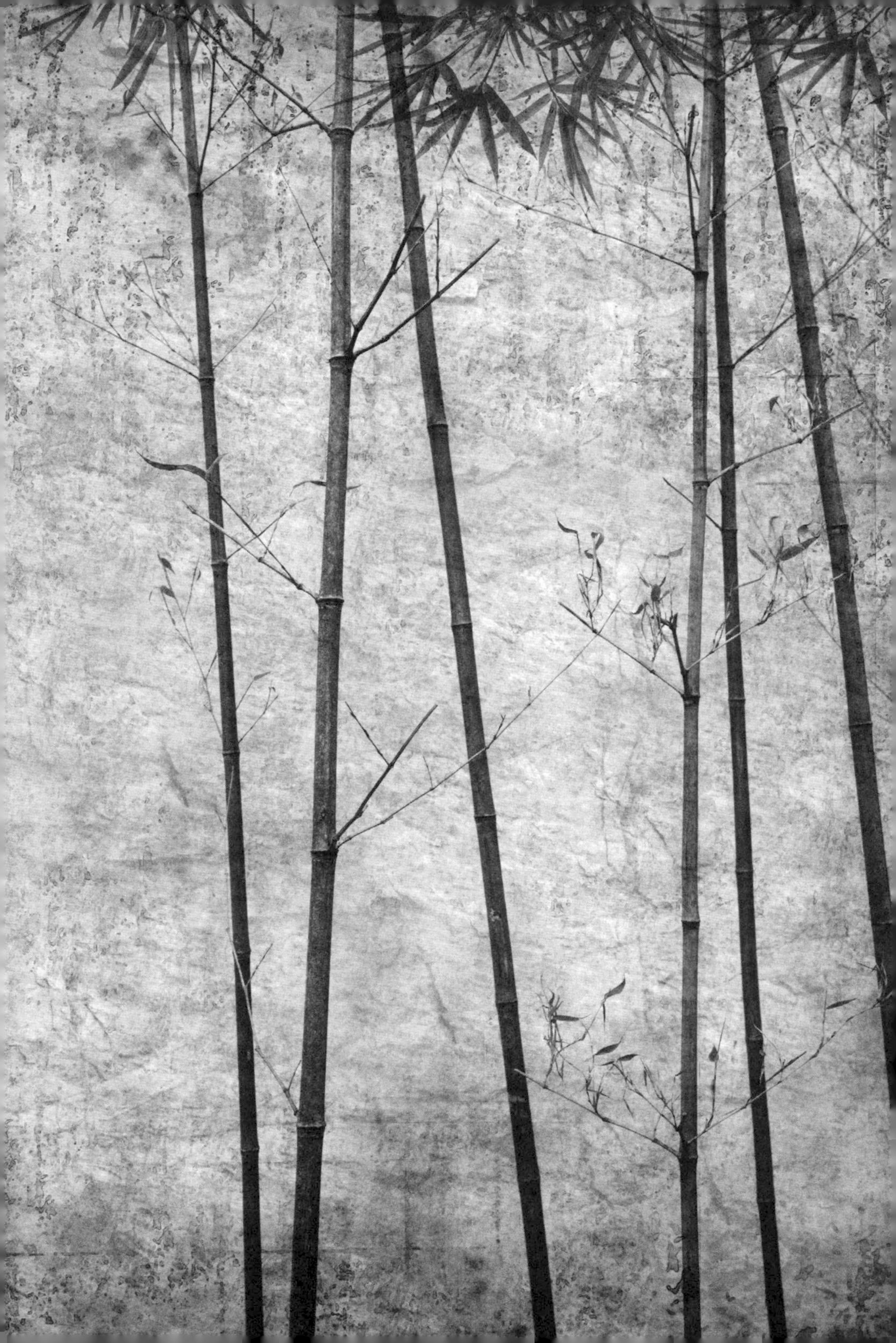

惡魔之舌

一九一五年七月

發表於《武俠世界》

村山槐多

明治二十九年（一八九六年）九月十五日生於橫濱市。早在京都一中時代即發表戲劇作品。

村山槐多納入偵探小說之林的作品只有三篇怪奇短篇小說。這些都發表於大正四年（一九一五年）的《武俠世界》，本篇是其第二作。作品描寫主角傾向於嗜吃人肉的部分很具張力，足見是位才氣縱橫的作家，可惜年僅二十二歲便離開人世。其他兩篇為〈殺人行為〉和〈魔猿傳〉。大正八年（一九一九年）二月二十日去世。

五月初，某個晴朗的夜晚。十一點左右，我在庭院眺望湛藍色的天空，突然從門外傳來「電報！」的喊叫聲。我收下一看，上面寫了以下幾個字：

「九段坡三〇一金子。」

「這會是什麼呢？三〇一是什麼意思？」

我覺得非常奇怪。金子是友人的名字，而且還是朋友當中最為怪異的人物。

「或許是因為他是詩人，在打什麼啞謎吧！」

我拿著這張詭異的電報紙思考著。

發報時刻是十點四十五分，發報地點是大塚。怎麼都令人想不透，總之，我決定到九段坡走一趟，換了衣服就出門。

從我的住處到電車軌道有一大段距離，一路上我仔細思考金子的事情。

事情剛好發生在兩年前的秋天，我應邀參加了一場由奇人所組成的宴會，因而結識了他，金子銳吉。他今年二十七歲，那時候是年僅二十五歲的青年詩人，不過他的樣貌看起來非常蒼老，偏紅的臉上詭異地劃過幾道深刻而頹廢的皺紋，眼睛渾圓又閃著青光，鼻子高肥。我和他之所以會變成知己，完全是起因於他的嘴唇。

這場宴會淨是由一些病態人士所舉辦，不論是哪個與會者，都給人詭異特殊的感覺，若是由不知情的人來看，簡直與惡魔的聚會無異，不過其中還是以這位青年詩人的嘴唇最能吸引我的目光。

恰巧他就在我的正對面，因此我得以盡情地觀察他。他的嘴唇真的很宏偉，簡直就像兩根被綠鏽蝕盡的銅棒撞擊在一起，而且還不停抽搐蠢動著，吃東西的時候更是壯觀。每當熱血澎湃的火紅銅棒一閃動，就會如電光石火般上下開合地將食物掃進去。從未看過人類嘴唇如此豐厚的我，不由得暫時忘我地注視著那人用餐的模樣。

突然間，他可怕的眼睛瞪向這邊。他霍地站起大聲斥責。

「喂，你為什麼一直盯著我的臉看？」

「嗯，真的很抱歉。」

我在回神之後如此答道，他再度坐了下來。

「被人盯著瞧很不舒服啦，你也一樣吧！」這麼說完話的他一口氣乾了一大杯啤酒，精明的眼睛看著我。

「是那樣的，我只是對你的容貌感到某種興趣。」

「我一點都不覺得感謝，我的臉要怎樣應該和你沒關係吧？」

他的樣子很不高興。

「別發火嘛，喝一杯算您見諒了！」

就這樣，金子銳吉和我成了好朋友。

他是個愈交往愈覺得奇特的人物。擁有不少資產，沒有父母兄弟孤伶伶的孑然一身，雖然讀過各家學校，卻沒有一所順利念到最後的。

他討厭談起那些經歷，因此我也不甚清楚，總歸他是一名詩人。

他是個徹底的祕密主義者，很討厭有人到自己家裡，做些什麼事完全沒人知道，不過他經常到街上走動，時常可以在酒吧或料理店看到他。才這麼認為沒多久就又消失蹤影兩、三個月，真實情況不得而知。

他是我最親密的朋友，而他也很信任我，雖然如此，除了他是個來歷不明的怪人之外，其餘我都一無所知。

腦袋裡一直想著相關的事情，不知不覺已經站在九段坡上了。放眼遠眺，夜裡的都市已在腳底下展現開來。神保町的燈火從漆黑中溢出光芒，就像鑽石從礦石中暴露出來一樣。

我環顧著坡道上下。我想金子大概會在這裡等我吧！不過，卻沒看到半個像他的人出現。曾試著往大村銅像的方向尋找，但是空無一人。在九段坡上待了三十分鐘左右，決定到他家試試。他家就在富氣附近。

一個狹小卻美麗的住所。

我來到他家門前，看到有警官進進出出的。我一驚，詢問之下才聽說金子自殺了。衝進去一看，金子躺在六疊大的房間裡，被兩、三名友人和警察團團圍住。

他是將火鉗刺進心臟而死的，有重複刺兩、三次的痕跡。雖然臉上呈現紫白色的模樣，不過就好像在睡覺似的。醫生判定大概是因為爛醉引發精神錯亂的結果。

自殺者的身體有濃濃的酒精氣味，死亡時刻就在剛剛。路人聽到痛苦的呻吟聲之後，於是造成了一股騷動。

任何遺書都沒有。但，剛才收到的電報讓我覺得不可思議。從時間推算，金子似乎在發了那通電報回家後立刻死亡。我又悄悄回到九段坡思考著。電報中的三〇一代表什麼意思呢？九段坡的某處是否存在著那樣的數字呢？我看了又看，什麼也沒有。

突然間，我注意到了。

九段坡的面積擁有三百以上數字的東西只有一個。那就是坡道上下兩側的水溝石蓋。於是我瞅著上面的第一個，面對右手方向的石蓋開始往下數。接著仔細調查第三百零一個石蓋，但沒有任何異狀，說不定是從下面數起的數目。石蓋全部有三百一十個，因此從上面數起的第十個等於從下面數起的三百零一個。我跑上去仔細端詳那石蓋，在上方第十個和第十一個石蓋間看到某樣黑黑的物體，拉出來一看，是一個黑色油紙的包裹。

「就是它，就是它！」

我一把抓住它立刻奔回家去。

打開包裹，裡面出現一本封面是黑色的公文。唸著唸著，才首次認清金子銳吉的真面目。

「他不是人，他是惡魔。」我大叫。

各位讀者們，當我將這分文件公布在你們面前的時候，身體仍殘存著不寒而慄的感覺。以下就是那分文件的內容。

朋友啊，我決定一死！

我將火鉗削成像針那樣，以便能刺進自己的心臟。當你讀到這分文件的時候，我的生命應該已經結束了吧！根據以下的敘述，你會發現你選擇作為朋友的詩人，竟是個史無前例的可怕罪人。

你大概會對與我結交一事感到既慚愧又憤慨吧！

但願你在憎恨我的屍體前能先為我哀悼。

因為我是個非常值得同情的人。那麼我就毫無隱瞞地，開始敘述我那汙穢不堪的經歷。

我原本不是東京人。

我在飛驒地區的某山間出生，在那裡長大。我家代代都是木材商人，到了父親這一代已經是屈指可數的富豪人家，遠近馳名。父親是一位質樸卻又出眾的人，不過壯年時曾納一位名古屋的名妓為妾，小妾懷了一個孩子，那就是我。

當我出生之際，父親的原配大娘已經有一個兒子了。雖屬外遇事件，但父親還是讓原配和小妾住在一起，連同小孩們也一起被養大。

我十二歲的時候，大娘已經有四個小孩了，接著在那一年的四月又產下一子。那個弟弟是身體具有異象的奶娃，在村中造成了非常大的議論。因為他的右腳掌出現了月牙形的金黃色斑紋。

聽說某日四處流浪的郎中在看過嬰兒後提到：

「這孩子將來不得好死。」

現在回想起來，這奇特的預言居然完全命中。在我年幼的心裡也對嬰兒腳掌的月牙形狀感到奇妙不已。

對我而言當時亦是相當難忘的一年，那就是父親在十月暴斃了。父親是立完遺囑之後才死的，我和母親分到一萬元，但也因此被斷絕了關係，家裡由大我三歲的長男繼承。

父親為人親切，為了我們母子的幸福著想，才會做了如此的決定。實際上，母親和大娘之間的暗鬥從未停止。

如果大娘握有家中實權，可想見我母親一定會遭到迫害，這是很容易明白的事實。於是我們兩人在父親的葬禮結束後立刻來到東京。

自那以後我就再也沒有回去家鄉了，而且與老家也完全沒有聯絡，兩個人靠著一萬元的利息生活。母親一丁點兒都看不出藝妓習氣，是個聰明質樸的女人。

在我十八歲的時候，母親去世了。往後我便一人獨居，最後以詩人的身分過著放蕩不羈的日子。這就是我大概的經歷。在這個經歷背後，我被恐怖的生活輾轉糾纏著。

我從小就是一個很奇怪的小孩，完全不像其他孩子那般天真無邪。老是喜歡一個人靜靜待著，連玩耍都沒興趣。我會跑到山裡，呆呆站在岩石陰影處之類的地方，眺望行經天空的雲朵。這個羅曼蒂克的癖好隨著年紀漸長而變得很不健康。

恰巧在離開飛驒的兩年前。我為某種奇怪的疾病苦惱了半年。我的背脊一直因為無法忍受的苛癢而懶倦不已，導致無法走直線，身體經常會往前傾。

氣色變差了而且身體愈來愈瘦，母親相當擔心，讓我嘗試了各式各樣的療法，後來不知道在什麼時候竟然治好了。

生病時我學會了一件奇怪的事情，那就是我很想吃極度詭異又不太尋常的食物。最初是想吃抹牆用的泥土想吃到受不了，於是背著人逐次吃掉手邊的牆土。那個味道非常美味。

我特別中意家中倉庫的白牆。可怕的是，我吃著吃著竟讓厚實的牆壁開出一個大洞。從此以後，我對人類無法想像的食物興起了偷偷品嚐的濃厚興趣。

不愛見人的個性讓事情進行得非常順利。好幾次我將蛞蝓[1]黏答答地吞嚥下去，而且以前更常食用青蛙與蛇。這些在飛驒周邊並不稀奇，之後還從內院的泥土拉出蚯蚓或金龜子吃。春天則有呈現金色、綠色以及紫色等等各種似乎有毒顏色、散發強烈臭氣的毛毛蟲。

奇形怪狀的昆蟲不斷填滿我的食慾，也曾被家人撞見我那遭毛蟲刺傷而發紅腫脹的嘴唇。所有東西我都吃，但都沒有中毒。

這種奇特的習慣眼看就要愈演愈烈了，不過隨著母親一起來到東京適應了都市的生活，自然停止了惡習。

然而十八歲的冬天是母親去世的季節，我感到哀慟難耐。

無法承受悲傷的我總是在哭泣。天生孱弱的身體轉瞬間罹患了嚴重的神經衰弱。我就像幽靈那般虛弱，這時小時候的脊椎病再度復發。

我覺得不能再這樣下去了，二十歲的時候從就讀的國中休學轉居鎌倉。就這樣時而在鎌倉，時而在七里濱、江之島，遊玩了許久，過著或是散步或是在海濱戲水的生活。不久，身體漸漸產生了變化。長久以來處於都會喧鬧中的我，忽然跑到美麗的海邊遊玩後，身心慢慢恢復了健康。

我回歸本性。過去在飛驒山裡因獨處而歡欣雀躍的幼童心靈又再度回來了。

某日傍晚我將這一個月以來覺得食物非常難吃的事情仔細想過。對於從海濱戲水歸來的空腹而言，旅館最高級的料理應該沒有難吃的道理。

我照著鏡子。蒼白的容顏變得紅潤，呆愣的眼睛變得炯炯有神。我不知道為什麼得到了健康，卻又吃不出東西的美味。我伸出舌頭突然轉向鏡面，剎那間我下意識地拋開鏡子。

我的舌頭非常長。恐怕有三寸五分吧[2]！不知何時居然長到這麼長，而且還是個莫名恐怖形狀的舌頭。我的舌頭是這樣的舌頭嗎？不！不！絕不是這樣的舌頭。但，拿起鏡子仔細端詳，一整片長滿凹凹凸凸紫色和銀色尖疣的巨大肉片，滴滴答答淌著唾液從嘴間伸出。而且看仔細一點，更是驚異！那些看似疣狀的東西竟是針刺，整面舌頭宛若貓舌那樣長滿針刺。用指頭碰觸，那些竟是刺刺的堅硬針狀物。

世上會有這等怪事？更讓我大感驚愕的是，鏡子中央明顯出現一張鮮紅的惡魔臉孔，極度駭人的臉孔，大眼睛炯炯閃著光芒。驚愕之餘，我昏迷了片刻。正當那時我聽到鏡中惡魔的吼叫聲。

「你的舌頭是惡魔之舌。惡魔之舌不食用惡魔的食物是不會滿足的。吃吧，吃掉一切，然後將惡魔的食物找出來。不然的話，你的味覺將永遠無法得到滿足。」

思考了半晌之後我突然覺悟了。

「好吧，反正已經絕望了。我就用這舌頭嚐遍所有像是惡魔的食物，然後將惡魔的食物找出來。」

我丟掉鏡子一躍而起。

「對了。舌頭在這一個月已經變成惡魔之舌了。所以才會覺得食物難以下嚥。」

一個嶄新的，彷彿全新的世界呈現在我眼前。我立刻走出投宿至今的旅館，然後離開鎌倉在伊豆半島極度荒涼的村落借住一戶空屋。就這樣開始了異常的奇食生活。

實際上，普通食物並不能夠給長刺的舌頭帶來刺激，我不得不尋求屬於自己的食物。兩個月來我在那屋子生活時所吃的食物是土、紙、鼠、蜥蜴、蟾蜍、水蛭、蠑螈、蛇，還有水母、河豚。蔬菜全部要腐爛到黏稠稀糊後才吃。用口腔鬆鬆緩緩含住腐敗蔬菜的氣味、顏色、味道，那滋味實在是美味到無以復加。

這些食物帶給我相當大的滿足。兩個月後，我的臉色開始帶著異常的綠紅色，我覺得整個身體好像逐漸變成了神仙。不久，我開始想到「人肉」不知道是什麼滋味，思及此事的時候，連我自己也不寒而慄。然而從那一刻起，我的慾望便朝著以下幾個字猛烈燃燒。

「我想吃人肉。」那剛好是去年一月左右的事情。

從那以後，我完全睡不著覺。連作夢都會夢到人肉。嘴唇頻頻哆嗦打寒顫，鮮紅的肥厚舌頭就像蛇那樣在口中滑溜溜地來回爬行。那股慾望的沸騰勢態之強，連我自己都感到恐怖。

我想強行壓抑。但，我舌頭上的惡魔卻大叫：

「快呀，你即將享用到天下最極致的美味了。拿出勇氣，吃人吧！吃人吧！」

我看著鏡子，惡魔的臉上帶著淒厲的微笑。舌頭愈來愈大了，那些刺益發閃耀著銳利的光芒，於是，我閉上了眼睛。

「不，我絕不吃人肉。我不是剛果土人，而是優秀日本人的一員。」

但，口中的那個惡魔卻冷笑。為了消除難耐的恐懼感，我只好不斷灌醉自己。我經常窩在酒吧，哪怕一刻也好，只想讓身體逃離這股慾望。不過，命運卻不願哀憐我這個值得同情的人。

我怎麼樣也忘不了去年二月五日的夜晚。

當時我醉了又醉，正欲從淺草返家。那一夜是陰天，伸手不見五指的黑暗籠罩了一切。倚靠燈火影子前進之際，不知不覺竟弄錯了道路。等我突然注意到轟隆隆的火車聲響，不知何時已經站在日暮里車站旁邊的鐵軌。我越過平交道，然後潛進日暮里墓地就那樣倒在那裡。

赫然張開眼睛時，已經是三更半夜了。

擦亮火柴看看手錶，是午夜一點。我懷著泰半已經清醒的醉意，搖搖晃晃地摸索墓地。突然間一隻腳絆到東西，使我跌倒在地。驚訝之餘擦亮火柴一看，這裡是公墓，而腳絆到的是猶為新墳的土丘。

那時候一個恐怖的念頭忽然確定了我的意念。我立刻無意識地拿起短木棒挖掘那座土丘。熱烈地刨挖著。彷彿狂人似地刨挖著。

最後竟用指甲挖掘。約莫一個小時我的手碰觸到類似木頭的物體。

「是棺材。」

撥開泥土敲壞棺蓋，接著擦亮火柴窺視棺材內部。

當時所感受到剎那間的恐怖是空前絕後的。火柴的微光照出一張鐵青的女性死者臉龐。她閉上眼睛緊咬著牙，是個年約十九歲的年輕美女，頭髮閃著烏黑的光澤。一看，大量流出的黑血在脖子凝固成一塊塊的。

頭部從身體斷掉，手和腳也都是在撕裂的狀態下被硬塞進去的，雞皮疙瘩爬滿我全身。但，明白到這一定是臨時埋葬臥軌自殺的女人後，雞皮疙瘩便退去了一些。

我從口袋拿出大型折疊刀，然後將手伸進女人懷中，深深喜愛的腐敗惡臭撲打著我的鼻子。我先是費心地割下乳房，渾濁的體液滴滴答答地從手中滴落，之後切下一點臉頰，等到動作結束後，我忽然感到恐懼不堪。

「你在想什麼啊？」

我聽到良心的呼喊。但我仍舊用手帕將切下來的肉片牢牢包好，然後闔上棺蓋，將土丘堆成原本的樣子，雇了一輛車急忙離開墓地，回到富氣的家。

走進家後緊緊地關上窗戶，該把肉片從手帕裡取出來了。首先用火燒烤臉頰肉，它開始散發出一種非常香的味道，我深深狂喜。肉片一點一點地熟透，惡魔之舌興奮跳躍著。唾液滴滴答答地從口中溢出，我再也忍受不了，一口將半熟的肉片吃進去。

這一剎那，我就像吸食鴉片般沉醉在恍惚之中。如此美味的東西竟然存在於真實世界，真是一大奇蹟。

不吃這個的話還能活得下去嗎？終於找到「惡魔的食物」了。我的舌頭長久以來確實都在需索著這個。

哈哈！我終於找到了！我接著咀嚼乳房。

彷彿被電流擊中般，我繞著室內手舞足蹈，等我完全吃光之後，胃已經很飽足了。打從出生以來，我第一次因吃東西而得到滿足。

隔天，我花了一整天的時間在臥室的床底下挖了一個大洞，然後用板子圍起來。我作了一間人類的儲藏室，我要將我那貴重的食物運來這裡。

之後我的眼睛常閃著金光，即使走在城裡口水也會流不停。見到的每一個人都能挑動我的食慾，尤其是十四、五歲的少男少女看起來最是粉嫩好吃。

不過，好像沒有一遇到這樣的孩子就能立刻將他吃掉的辦法。用什麼樣的方式才能抓到食物呢？首先我在口袋預備了手帕和麻藥，我決定用這些東西來迷昏他們，然後立刻帶走。

四月二十五日，距離今天十天之前的事情。

我從田端搭火車到上野，不經意看到一個併膝坐著的少年。一見之下雖有一股鄉下人的土氣，卻是個非常美麗的少年。

我的嘴裡開始濕潤了，唾液流了出來，他似乎是一個人旅行，不久火車抵達上野。離開車站後少年出神地佇立了一會兒，終於還是往上野公園的方向走去。獨自坐在一張長椅上，寂寞地注視著倒映出池邊路燈的不忍池水面。

環顧四周，一個人都沒有。我悄悄從口袋拿出麻藥瓶子，抵住手帕。手帕被浸濕了，少年呆愣地看著水池方向。我冷不防地抱住他，用手帕抵住他的鼻子。雖然他的腳啪答啪答地踢了兩、三次，但麻藥生效後還是頹然倒在我的手臂上。我立刻抱著少年來到石階底下叫車，然後讓司機一路開到富氣。

回家後，我牢牢關起門，在電燈的光線下仔細端詳，他是個非常美麗的少年。我拿出準備好的銳利大刀，使盡力氣朝後腦杓啪嗄刺進去，一直沉睡的少年猛然張大眼睛。

不久漆黑的瞳孔失去了光彩，臉色一下子就泛青了，我將蒼白的少年抱起來放進床下的儲藏室。

我決定盡可能仔細品嚐這位少年，於是我訂了一套美食計畫。之後邊循序燒烤各個部位的肉片，邊將腦髓、臉頰、舌頭、鼻子食用殆盡，那美味令我發狂，尤其腦髓的味道可說是離奇到了極點。然後我進入飽足的睡眠，隔天早上九點鐘張開眼後，再度將肚子塞得滿滿的。

啊啊……接下來那天晚上才是真正的恐怖。我決意一死的動機也在那一晚發生，那是個極度殘酷的夜晚。

那天晚上，眼睛像野獸般閃著金光爬到床底下的我，想著今晚該輪到手和腳了。我拿著鋸子佇立了一會兒，思考著先從哪裡下手。

我不經意拉起少年的左腳。那時候，少年的身體變成趴伏的姿勢。看到右腳掌的時候，我像被鐵棒撞到肚子一般跳了起來。看，出現在右腳掌的不正是紅色的月牙形狀嗎？

你可還記得這文件一開始曾記述我弟弟誕生的事情。回想起來，那娃娃應該有十五、六歲了，這是不是很恐怖？我居然吃了自己的弟弟。

我想到少年攜帶的包裹，遂將它打開。裡面有四、五本筆記，而且還整齊地寫著金子五郎。

這是弟弟的名字。

根據筆記看來，才知道弟弟嚮往東京，嚮往來找我，這才剛從飛驒偷跑出來。朋友啊，我想留傳下來的就是以上的事情，請為我感到哀傷吧！

文件到這裡結束。就算看過字跡或內容，我還是不得不懷疑的金子的精神是否正常。檢查金子遺體的時候，他的舌頭誠如記述所言帶著針刺，但惡魔一說恐怕就只是詩人過分的幻想吧！

1 蛞蝓是蝸牛的近親，有人稱為「無殼蝸牛」或「鼻涕蟲」。

2 一寸等於2.54公分，一分等於0.303公分。三寸五分約為9公分。

73

逗子物語

逗子物語

一九三七年八月

發表於《新青年》

橘外男

本名即是橘外男。明治二十七年（一八九四年）十月十日生於石川縣金澤市。雖出生於嚴格的職業軍人家庭，然而在二十一歲時卻因盜領而進警局。他波濤洶湧的人生，可以參考《我是有前科的人》、《某小說家的回憶》這些自傳式小說。小說《回想奈林殿下》曾獲直木賞。昭和三十四年（一九五九年）在東京去世。

以《回想奈林殿下》獲得直木賞的橘外男，從沒想過自己會被歸類到偵探作家，本篇〈逗子物語〉或是另一篇〈蒲團〉能夠留下這樣優秀的恐怖小說，必然是位具有卓越才能的推理小說作家。

在逗子[1]，有一個屬於天台宗的寺廟名為「了雲寺」。說的更精確一點，應該說是在逗子與田浦中間的地段，或許說比較接近田浦方向更適切些。對於從東京來避暑的旅客而言，這一帶既偏僻又荒涼，幾乎沒什麼人會來到這裡。

沿著田越川，左邊可以看見神武寺，經過飛沙走塵的三崎街道，走啊走的，約一里吧，道路又向兩邊，往左那條是單調又遍布灰塵的道路延續，另一條向右延伸，是一條多石礫的山徑。

了雲寺就是從這條路右方的山徑進入，大約再走個七、八條街的距離，道路豁然開朗，不遠處有一棵高大的櫸樹，樹蔭下幾乎無人往來的道路上，有一戶人家豎起一面褪了色的旗子，標示有草鞋、小點心之類的商品販售。正對面即是一段長長石階的入口，一塊刻有「不許葷酒」的文字且長滿青苔的古老石碑在那邊，然後便是長到讓人心頭為之一緊的石階……對這個無名的鄉下寺廟而言，顯然是太奢侈了一點的長石階……往上看彷彿一直延伸到山頂。白天也顯得陰暗的老杉樹密密覆蓋了整座山，不管什麼時候來，總是沙沙地搖晃著枝葉，簡直有一股森寒之氣，如山岩湧出的水一般教人沁心透涼。

以上就是我要向各位介紹的，發生驚異事件的逗子了雲寺的全貌。

擁有這樣的規模不難想見，當時必然是一座造型非凡且有格調的寺廟，然而如今卻只是荒廢一隅的古廟。不知道有沒有住持在裡面，每次來到這裡，除了林木森森，廟裡一個人影也沒有。只聽見遠方相模灘[2]傳來的強烈海風，有如怪獸咆哮般穿越層層的蓊鬱山林而來。在有月亮的晚上來到這裡，會感覺整座山像是一頭漆黑的怪物，隨時會從頭頂上撲過來！我在借宿的民房裡，光是向房東太太聊天提到這裡，就會忍不住縮緊了脖子簌簌發抖。

撇開這個部分，我究竟是在何時走向這座彷彿被塵世遺棄、充滿陰濕瘴氣的山寺呢？詳細經過我已不太記得了，大約是剛結婚不久，妻子胸部的病痛發作，後來在鎌倉的醫院過世，正好在那個時候吧！我經常就這麼一個人遠離凡塵過著百無聊賴的日子，帶著幾分厭世的情緒，而這般杳無人跡的幽靜場所正好契合我的心境。於是什麼事也不做呆呆過著憂鬱的每一天。

當時的我，目中所見、耳中所聞，盡是對死去妻子的點滴思念。於是一有空閒，我便一個人啪嗒啪嗒地踏上這座山寺的石階。

逝者已矣，我倒不是一直抱著悲慟不捨的痴情長期痛苦。從這寂靜的石階拾級而上，整座暗黑的森林遮掩了古舊的廟堂和大殿一帶的山地，石階沿著森林穿過長滿青苔的死寂墳場，當我終於走到臨海的斷崖邊坐下，腳下是數十座覆蓋新綠、綿延起伏的山巒，對面則是一望無際的碧波萬頃、遼闊的深藍綠色海洋。

映入眼中的是海天一色的青，沒有船的時候，海面上甚至看不見任何一個小島，只有站在斷崖上高高俯瞰的赤松，伸展著附有蟬聲的枝椏，偶爾闖進我的視野。

我一面聽著蟬鳴，躺臥在斷崖邊的草地上，看著海、天，有時眼光會望向旁邊的墳場，便想起死去的妻子。對於那時的我來說，這是我最快樂的度日方式，也只有在那一瞬間，沒什麼宗教信仰的我，彷彿看到一抹溫柔綻放在死去妻子憔悴的容顏上，而使我籠罩在一股喜悅之中。

當然，我的妻子葬在東京，與這個孤伶伶的山寺一點關係也沒有。而我為什麼每次來到這裡，就會產生那樣的感覺？老實說，連我自己也說不上來。然而當時我那樣坐在蒲團上讀書打瞌睡時，這座斷崖經常會突然闖進我的腦海裡，像是看見妻子向我招手一般，我興高采烈地無論路途多遠都會晃啊晃地來到這個地方。

這故事就是發生在那個時期的某一天。

那天，我一如往常走到山麓斷崖，沒有目的，放任自己沉淪在失去控制的思緒裡，就這麼過了半天。待回過神來，太陽已經沉向海的那一端了，只剩幾絲殘餘的金光，亮晃晃地映著海面。天光漸暗，黃昏暮色掩映上這座寂靜的斷崖。我正想：「又過了一天」

的時候，忽然之間，耳朵不由得豎了起來。

不知何處傳來年輕女性低低的啜泣聲，在這杳無人煙的山林隱約可聞。我大吃一驚，觀察一下周遭，卻沒發現什麼異狀，除了餘暉偶爾映見的幾座墓碑閃著青白光芒。

我拍了拍褲子上的灰塵，猜想大概是錯覺吧！然而此時卻更清楚地聽見女子的啜泣，年輕女子的嗚咽聲中，還斷斷續續地在努力解釋些什麼話語。另外還有個像是被壓得動彈不得的老者，囁囁嚅嚅地說著話。

我嚇了一大跳！如同先前說的，這地方我來過不知多少次，從來沒遇到半個人，根本是人跡罕至。然而在這麼寂靜的地方，在這暮春餘暉將盡的黃昏，竟然會聽見這麼不可思議的……人的啜泣聲和吵架聲，真是做夢也想不到。

一股難以言喻的詭異感自心底升起，我全神貫注地聽他們的動靜，拂去身上灰塵的動作放得輕輕慢慢的。接下來斷斷續續傳來小孩聲音：「爺爺！不要！我不要阿藤被爺爺責罵！」即使聲音斷斷續續的，但那的確是個小孩的聲音。一想到有小孩子，先前的驚怖感消失了，取而代之的是一旦湧上便無法收拾的好奇心。

不管嗚咽聲也好，責罵聲也罷，偷聽人家談話畢竟不是一件正當的事，只是此時此地實在難以克制好奇心，便躡手躡腳地朝著聲音的來源探去。終於發現聲音是從距離七、八步不遠處的森林旁，一座引人注目的大墳後面傳來。

我小心翼翼穿越高大絆人的草叢走進墳場，終於在兩、三碼的距離……一個較其他墳墓大上許多的墳前，看到三名男女佇立在那裡。

其中一人是穿著棉質短襖的老爺子。

看來一直都是他在開罵；另一個是年約二十五、六歲，像是大戶人家的年輕女傭，頭髮梳成氣質高貴的島田結[3]。在她身邊的是一個約十二、三歲的少年，他滿眼含淚望著老爺子，蒼白的臉頰看來是一位美少年。

從老人與女子的舉動看來，總覺得他們對這位少年極為殷勤，這名幼小少年或許是他們的主人吧！未戴帽的他露出女孩般一頭黑亮的鬈髮，長長的睫毛，凜然的雙眼，即使含淚也掩不住英氣，雪白的臉頰、細緻的手足……這是一個很容易被誤認為女孩的美少年。唯一美中不足的是：在這個梅雨季將至的溽暑，他居然還穿著襪子和長大衣，衣帶高高繫在胸部，看起來像是藝人的孩子，要不然就是帶病之身，總之感覺他很柔弱。

老人面向墳墓，表情似乎有幾分不捨，邊喃喃自語邊迅速撥灑銅水桶裡的水沖淨墓石。突然，灑水的手停住了，這一回我聽得很清楚，一個沙啞低沉的聲音對著婦人說：

「說什麼好可憐好可憐，結果妳自己先哭出來……真是呆子啊？就只會呆呆杵著不說話……」

接下來的話尾在老人特有的口吻中消失，我就聽不到了。

「夠了！老爺子！不要這樣罵阿藤，我已經不哭了嘛……」少年關心那位以衣袂掩面的女子，像是要打圓場似地說道。大概是喉嚨痛的關係，難怪少年的聲音低沉沙啞，不像是幼弱小孩的聲音。

「什麼！少爺啊，老爺子我可不是在罵人哪，還不是阿藤說話太莫名其妙了，才唸了她幾句……可不是要您擔心來著哪！」

接著老人很快將水灑向石台，似乎對著少年的方向做了個笑臉。躲在墓碑陰暗處的我看不到表情，只聽到他為了討好少年而發出爽朗笑聲，在將暗的昏暮中詭異地空響。後來大約是點了火，一縷香煙從墓中裊裊升起。

「可以了。少爺，膜拜吧！」老人沙啞的聲音傳來。

「今天時間太晚了，下次要早點來。每次都對少夫人這麼說，也真是夠了。快點過來拜拜吧！少夫人已經等少爺好久囉！」

老人自言自語地站起身，長長的眉毛半遮眼，一直望著少爺的背影。

有一陣子沒有再聽見什麼聲音了，只有風吹過樹梢的沙沙聲，偶爾有嗚咽聲傳來，邊哭邊用衣袂遮住臉孔的女子，又開始嘀嘀咕咕地似乎在解釋什麼。

於是少年悲傷的哽咽與老人安慰的聲音，囈語般低低傳進我的耳裡。

「請不要哭了。少爺是好孩子，好孩子不要哭。往生者看到你的眼淚，會心有牽掛，就不能成佛了喔！來，再拜一次，對對對，少爺是好孩子，好孩子不哭喔！」

老人與女子在少年身後，一直合掌並以頭觸地跪拜。老人安慰少年的話語本身也像含著淚似的……一句一句彷彿從地底爬過來，滲進我的心、我的魂魄裡面。

裊裊升起的香煙往我鼻頭衝來，我的眼睛一熱，幾乎就要跟著這三個人一起哭出來了。雖然搞不清楚是什麼事情，但我胸口一股熱血沸騰，心想：如果一起哭可以稍減他們三人的悲慟，那我是十分願意代他們哭泣的。

幼小的少年、樸實的老人和女子，他們單純的淚，將祝福迴向給死去的人，沒有一座墳不會因此而感動吧？連我這什麼也不知道的人，遠遠地看著都不禁要淚流滿面。我這般忘情地感嘆，不覺茫茫然地站起身，而後不知靜止了幾分鐘還是幾十分鐘，如入夢中無我之境，我呆呆杵在那裡。

約莫三人祭拜完畢正要離開的時候，我在恍惚中離開墓碑，悄悄步入森林。在這樣荒郊野外的山墳裡，很難得有這麼氣派的關門聲，嘰的一聲簡直硬生生插進我的胸膛，那喀擦喀擦重重上鎖的金屬磨擦聲又刺入我耳膜。三人踏著落葉穿過樹叢，從我面前五、六步之遙的小徑往寺廟大殿的方向走去。

夕陽終於整個從海面沉沒了。餘暉映著天邊一片鮮紅，從那三個人的方向，應該不會看到站在陰暗處的我吧！然而從我的方向，也只能在眩目的金光中看到他們三人朦朧如霧的身影。這三個人的臉色如何呢？他們老是朝我佇立的方向望過來，不曉得他們究竟知不知道我躲在那裡。

我仔細一看，不覺倒抽了一口冷氣，全身如入冰窖之中。那，該說是活人的臉色嗎？簡直面如灰土，或是呈現半透明的蠟黃色。這三人正從我面前五、六步的距離走到對面。少年拉著直低頭的女子的手靜靜走著，身體前傾的老人提著銅桶子走在後方。

但聞步履踩在落葉上，以及風吹樹梢的沙沙聲，接著一陣強風吹得滿山枝葉嘩嘩作響，三人的跫音終於再也聽不見了。

風靜止了，我仍佇立在原地，彷彿仍聽見那些聲音。爾後漸漸有一股沉重的感覺壓上胸口，我深怕稍微移動就會褻瀆了現下寂然美麗的幻影。然而等他們的跫音離去，整座墳場安靜得幾乎連掉了一根針都聽得見，這種深切的孤寂不知不覺已滲透進我的靈魂。

我全身的重量深深踩在帶濕氣的落葉上，發出了悶悶的喳喳聲，打破周遭的寂寥。

彷彿有人從林木深處攫著我的頸子，林間茂密的草木叢裡，許多小鳥的眼睛發光，像是密切注意我這位闖入者的一舉一動。沉重的寂寥感，壓迫得我喘不過氣。

我再也受不了了。從林中小徑逃出來時，太陽已完全下山了。周圍的樹木已經模糊得看不清楚，夜色一點一滴完全占領寺廟大殿。林立的墓碑上方也逐一為夢幻般的黑暗掩蓋，這當中還是那三人祭拜過的大墓最為氣派。

我很好奇，那墓中究竟是何許人也？有兩、三次我忍不住好奇看過去，但在這般寂靜的黑夜裡，那座大墓好像融化在黑夜中，恐怖得令人不敢靠近，於是我什麼也沒看到，就逃離了墳場。

沒多久，在完全轉暗的夜空下，陷入思考的我快步走在只有星光照明的幽暗村徑，不知不覺已看到逗子的燈火了。這一條原本長而單調的街道，由於剛才一路想著那三個人的事，心裡充滿疑惑，走著走著也就不覺得路途遙遠了。

「天哪！您怎麼這麼晚才回來？去了什麼地方啊？我還以為您是到東京了！」

房東太太端出冷掉的晚餐，我趕緊向她打聽關於那三人祭拜那座墳墓的事。

「好可怕喔！先生，聽說了雲寺那裡，一到晚上就會有狸的化身出現，大家都害怕得不敢靠近，那裡不是像您說的會有那種美少年去祭拜的地方啊！更何況那裡的墓都只是附近這些人家的墳墓，並沒有什麼名門望族的氣派大墓啊！」整日都隨丈夫下田工作，曬得一身健康膚色的房東太太，縮著脖子嗤嗤笑說。

「熱水已經放好了，請您使用。」

房東露出臉來，聽到房東太太的話之後，便提及：

「唔……那地方應該不會有那麼氣派的墓才對……至少聽都沒聽過。」

房東夫婦對望了一眼，互相點了點頭。

「這麼說來……那裡是有像太兵衛還有其他民家的墳墓……但是會有那麼美的少爺來祭拜，恐怕是來自東京的人吧？……如果說身體孱弱的少年，還有叫做阿藤的女傭……加上一個老爺子……到底會是什麼人呢？」

他們和一般善良而遲鈍的老百姓沒有兩樣，交疊雙臂思考著，想來想去也想不出所以然。但顯然兩人都非常好奇，以至於忘了要洗澡這一回事。

「啊，我倒沒有非得知道那是誰不可……別胡思亂想了，飯吃飽了就去洗澡吧！」

結果還是我出來打圓場，不然那兩人比我還要投入，一直揣測思考著，就算想破腦袋也沒用。

「怎麼也想不出來了。那……熱水已經放好了，先去洗澡吧！」

房東總算放棄站起身，就在那一瞬間，大概是先前的努力思考發揮了作用，房東的腦袋忽然靈光乍現。

「我知道了！我知道了！總算想到了！」房東拍了拍膝蓋。

「就是那個，那個……喂，就是那個日野家的墳墓啊！」房東眼睛閃閃發光，像是砍了妖魔腦袋般地興奮。

「啊……對對對，我也聽說了。那個應該就是日野家的少爺啦！沒錯、沒錯，我剛剛一直想不起來。」

「先生，你聽說過偉大的女音樂家日野老師吧？有那樣的美少年應該不會是別人。日野家的別墅就蓋在距離這裡一里左右的地方。」

「日野？你是說日野？」

我大吃一驚。如果說是名音樂家日野，指的應該是名鋼琴家日野涼子。我是沒有特別注意她是活著還是已過世了，但據說業界對她的評價相當高，不但是個天才，還是個美人。

「會不會就是日野涼子啊？」

「是啊！好像就叫作涼子，一定是他們家的少爺。我們也不是很清楚，只聽說半年前那座墳墓就蓋起來了，還留下年幼的少爺……」

「聽說過！聽說過！不過我只聽說過她的名字！」我深深頷首。

「喔！原來那個日野涼子已經去世啦！她的墳墓居然埋在那兒，真令人驚訝！」我其實什麼也不知道，只是徒然感慨地這麼說。

名鋼琴家日野涼子！在競爭如此激烈的樂壇上，她不是老早就出道了。我以為或許她的聽眾都還記得她的名字。

早年，她曾以女鋼琴家的身分，被當成最具潛力的樂壇新人，所有人都十分關注她未來的動向。年僅二十三、四歲，就被喻為天才鋼琴家，受到當時整個樂壇的肯定。她擁有如此特殊的才華，同時人又長得高雅大方，在盛傳男女關係紛亂的樂壇，始終堅持自己的操守，為人品行良好，又經常在媒體上曝光。

據說是由於家庭因素，在距今五年前，以她還是二十五、六歲的年輕身分，突然宣告退出音樂舞台，從此銷聲匿跡，如同從社會上完全消失一樣。

我不禁喟嘆「人生如朝露」。

這位才貌雙全偏偏薄命的音樂家日野涼子，竟是長眠在奧津城下[4]，五年後的今天，我在她墳前匆匆一瞥，還記得那位孤獨少年在墳前忘形哭泣的模樣。尤其是深受喪妻之痛的我，感慨也就更加深一層了。

「年紀輕輕，為什麼這麼早就離開人世呢？還留下這麼可愛的孩子！」剛才見到的那名寂寞少年的影像突然浮現腦海，我喃喃自語地回想著。當然，這些素昧平生的人，照理說是不會讓我如此深深感動的。

「先生，大家都是這樣的。」房東太太按住左胸說道。

「或許東京的人不喜歡這個偏僻的小地方，所以很少有人會來這兒住，可是大部分從外地搬來這兒的人，都是從東京來的。」對方皺著眉頭，似乎是想要安慰沉浸在喪妻之痛的我，看來似乎只有房東對於墳墓主人的事比較清楚。

「我不曉得那一帶的地主知不知道墳墓的事，不過，若是不清楚日野小姐的墳墓也很正常。」說完，呵呵地笑了起來。

「我也差不多全忘了，對了，先生，請到浴室泡個澡吧！不曉得水會不會太燙？」

我會覺得感慨的原因，倒不是因為我和日野涼子之間有什麼關係，完全是好奇心作祟的緣故。

「給我一條毛巾好嗎？」

我伸手拿了毛巾擦拭身體，從浴池裡站起來。

從那時開始，我對這位素昧平生，生前也未曾謀面的薄命音樂家之墓，感覺有一抹不可思議的陰影常駐我心。

又過了一、兩天，我再次造訪了雲寺，心中惦記著該去看看那座墓，果不其然，誠如房東所言，確實是日野涼子的墳墓沒錯。

晚春微陰的陽光穿過林間，嘩啦啦地照在樹葉上，像是石頭蒼白的表面反射的光芒，在日野家之墓巨大雕刻文字的側面，在戒名之下刻有俗名為日野涼子某年某月某日歿，享年二十九歲的字樣。

在其右側同樣在戒名之下，刻有俗名為日野帳三某年某月某日歿，享年二十七歲的字樣。距今約莫五年之前去世的人名，難道會是少年的父親，亦即日野涼子亡夫的名字？

墓的後方被鐵柵圍了起來，柵門上裝飾著三把扇子的家徽。山寺的墓地處於如此荒涼偏僻的地方，竟然會有罕見的大理石堂堂正正地立於四方。只有一個地方，令我百思不得其解，若是先前所見的那位老爺子曾到這裡掃墓，又為何這個墳墓如今看起來似乎是任其荒廢的樣子。

腐敗的落葉層層疊疊散落其上，白茅青萱長得像人一般高，連踩在上面的空間也沒有，任其雜草叢生。但我記得那三人確實是站在這個厚重的鐵柵門前，當時門鎖也喀喳喀喳地掛在那兒，現在仔細一瞧，那門鎖不曉得已經曝曬過多少時日沒人碰過了，以致門鎖上出現青綠色的鐵鏽。

一時之間，我很茫然，莫非真是被狐狸精所騙的心情突然湧上，但是朝周圍巡視一遍，確實那三人哭泣的地方，明明就是在這座墳墓前應該沒錯。

我再次倚著鐵柵門，把目光投射到墓碑的正面，又瞄了一次似乎是日野涼子亡夫去世的那一年，對於被喻為一代天才鋼琴家為何會突然離開音樂舞台一事感到很遺憾，於是陷入沉思的心情。我猜想恐怕是因為先夫過世後，為了要專心撫養那位少年才會提前離開了音樂舞台，想到這裡不禁與那位音樂家的內心世界產生了共鳴，心中湧起無限的敬意。

之前，在我的腦海裡，從不曾對日野涼子這個人的名字有過像現在這樣懷念的親切感。

一直低著頭幾乎要越過鐵柵的我，心中湧起不可思議的懷念之情，我打算為這位素未謀面的薄命天才祈求冥福，想在她的墓前獻花。

不巧的是，我這時才想起本來並沒有要來這兒，只是臨時起意，所以要獻花的話，只能走下長長的石階到山下的人家，或許才可以找到合適的花朵供奉，不過，素昧平生地突然向人家要求這些東西似乎太麻煩了，於是我摘下山崖邊的山百合，配上那附近綻放的野花，越過鐵柵將花供奉在墓前，雖然再次來到斷崖時滑了一跤，但一想到能夠將花獻給這位無緣得見的人，為她祈求冥福，心中真是暢快無比。

我凝望天空，彷彿見到已故的亡妻在我眼前顯現，微笑著對我說：「今天你會前來參拜別人的墳墓真是難得啊！」令我的心情感到很開朗。

從那以後，只要我心情好，就會想要來到這裡。有時來到這附近，如果沒有到日野涼子的墓前參拜一下，總覺得好像過意不去似的。所以，每次當我經過這附近時，都會提醒自己不要忘了到她的墓前進行參拜。有時候若忘了準備鮮花，就會在附近採集野花供奉在她的墓前；若是出門前記得這件事的話，就會到逗子的花店買些花拿來供奉，有時出門前臨時想起來，也會帶著平時用的線香到她墓前上香。

不知不覺距離上次遇到那位少年和老爺，已經過了約莫一個月。當我偶然和那位少年再次相逢，那時已經是陰鬱的梅雨季快結束的時候了，養神亭裡傳來如波浪般木匠揮動刨刀的聲音，我只好拉下葦簾以隔絕充斥屋內的聲響，那一天和往常一樣，再過個半天，就得踏上歸途，回到位於東京的家。

和先前一樣，夕陽朝著海的方向西沉，從森林外面可以看見泛著白色的墳墓。這時候，突然有幾隻烏鴉從巢中竄出，在晚霞遍布的天空飛行。

森林的深處，不知名的鳥兒，發出吱吱吱……尖銳刺耳的悲啼。直到那聲音停下來之後，森林又回復奇妙的靜謐狀態，甚至在山上的墓場連一片樹葉落下來的聲音都聽得見的寂寥感，在澄澈的暮色包圍下，那時我照例發出沙沙的跫音，踩著落葉來到日野涼子的墓前參拜，很多人都是選在這個黃昏時分前來參拜，不過，今天我倒沒發覺四周的墓地有沒有其他的參拜者，就連參拜完日野的墓之後依然沒發覺任何異樣。

我不想遇見任何人，免得麻煩，所以回程路上，當我聽見其他腳步聲的時候，立刻停住不動，在原地蹲了下來，這時意外地發現有個人也發出沙沙的聲音來到日野涼子的墓前，然後停下腳步。

「啊！原來是閣下啊！少爺，這就是經常前來參拜的那位先生吧！」

一位像是女僕似的人開口說話了。接著又說：

「少爺，我們要不要去跟人家道謝。向那位親切的先生好好道個謝，隨老爺子一起去吧！」

這時候，不由得感覺背脊傳來一陣冷颼颼的寒意。我蹲下來的地方，在重疊的樹蔭下還隔著幾個墳墓的距離，按理說，從他們那邊應該看不見我的所在位置呀，然而，在這薄暮之中，為什麼那些人會知道我蹲在這裡，真令我感到不可思議！

既然對方已經發覺我的存在了，我也不能再佯裝不知情蹲在這兒了，就在這尷尬的情況下，我趕緊站起來，不知不覺間他們已經走近了，從萱草發出的沙沙聲可以判別腳步聲，大約在我手邊那棵聳立的松樹蔭下，老爺和女僕似的人在那裡畢恭畢敬地彎下腰來，少年的眼睛閃爍著懷念的氣息，佇立在正中央的位置。

很明顯地，我知道時間已屆傍晚，然而他們每個人身上穿的衣服，看起來與普通人很不同，而且他們三人面如蠟色死板板的樣子，看起來不像是活在世上的人，這讓我再次感到毛骨悚然……。

「別這麼客氣……」我連忙站起來回應。

「其實不用向我道謝，只不過是順道去墓前參拜略表心意而已。」

不知怎地，我笑著站起身，感覺女僕似的那名女子好像連忙要制止我，希望我保持原來的姿勢，於是「那麼，時候不早了，少爺，請好好向對方道謝吧！太晚回去不好……」

隨著女僕的聲音，三個人向我深深行了個禮致謝後，又朝著原來的方向發出沙沙聲地撥開葉叢打道回府了。

只停留了極短暫的時間，我都還來不及向對方打聲招呼，但這並不會讓人感到有怪異之處，一切是那麼自然，再普通不過了。剛才站在那兒的老爺子確實倒了一桶水（一般是用來供奉神佛的清水），被女僕牽著的少年好幾次回過頭望著我，一副很惋惜失落的表情，然後慢慢從夕暮中消失，這些都是我親眼所見錯不了。而且，當我急忙從那裡離開，在透過林間縫隙察看時，剛才所見的那三人早已消失得無影無蹤了，在墓地到底有什麼捷徑可以通行著實令人費猜疑。我也注意到之前他們來到我躲藏的地方時，也發出了沙沙沙的跫音，究竟這是怎麼辦到的？

已屆傍晚，到了該趕緊打道回府的時候，但我還留在原地思索著剛才發生的事情。我感覺事有蹊蹺，一定有什麼沒察覺到的地方，我打算從三人離去的小徑走下山，卻找不到任何可辨識的路，當我再次經過日野涼子的墓前，如往常一般低下頭看著墓碑，那一瞬間突然有種異樣的感覺襲上心頭，讓我不敢再低頭往下瞧。

墓地四周確實有燃燒的線香裊裊升起，但是墳前卻沒有插上任何線香，我朝著鐵柵門的地方看過去，一次、兩次、三次，確實沒有任何類似線香的東西供奉在那兒。今天我來的時候也注意到，除了我供奉的野花悄然寂寞地插在墓前之外，那些人應該沒有前來參拜吧，因為墓前連花之類的供品也沒有。

此時，有股說不出來的怪異，襲上心頭，我旋即越過鐵柵踏入墓地，環顧四周，相信眼前所見並沒有錯。

我甚至點了火柴，仔細察看墓地每一個角落，但眼前既看不到花也看不到線香供在那兒。還不止如此，最讓我感到迷惑的是明明看到老爺子手裡提著的那一桶水，然而墓前連一滴注過水的痕跡也沒有。這就奇怪了，我漸漸不相信自己的眼睛，整個人頓時忘了回家，茫然地呆立在原地。

有一種被妖怪襲擊的感覺，教人不寒而慄。此時，腳也不聽使喚，不停顫抖，全身上下起了雞皮疙瘩。想要逃卻無法逃，想要向前走也走不了，大概就是這樣的心情吧！

當我站在墓地裡仔細回想剛才情況，先前我不是躲在林中嗎？怎麼會被他們三個人發現呢？還記得當他們的目光朝著我所在的位置投射過來的時候……他們的臉像蠟一般的顏色！

我已經記不得當時有沒有發出尖叫，只記得當時全身寒毛直豎，立刻三步併兩步，一心一意只想從墓地中逃出去。於是飛也似地逃下山，衝下那段長長的階梯，幾乎快要從上面摔下來了。蓊鬱的樹林加上黑漆漆的寺門，我不敢回頭看，只管馬不停蹄地狂奔，能跑多快就多快！

我拚命地跑，遠遠地，終於看見了逗子街道的燈火，在田浦逗子之間奔跑時，隱約聽見了遠處傳來的火車汽笛聲，才鬆了一口氣，放慢腳步。因為跑到汗流浹背，當冷風從胳肢窩灌進來時，感覺腹部一陣冰涼，我從不曾像此刻這樣想念著一般住家的燈火。

翌晨，好像有什麼東西卡在牙齒裡面，或是被惡夢糾纏的感覺，整晚輾轉難眠，感覺相當痛苦。我雖然清醒，眼睛卻睜不開，只能用微弱的視力，看著從外頭工作回來準備吃早點的房東，他穿著外出工作服，就這樣從我房間的窗前經過，然後擋住眩目的陽光，看著我說：

「您終於醒了啊，先生。」接著從刺眼光線下的木門外走進來，問了我一句意想不到的話：

「先生，不好意思，想請問您一個無關緊要的問題……」他看起來就像摸到了什麼很可怕的東西怯生生地說著，「前些日子先生不是說過關於了雲寺的事，那時候您說看見了一位很俊美的少年和他的女僕以及老爺子一起到日野涼子的墓前參拜嗎？」

「……」我一直凝視著房東的臉，「我也正想起這件事，因為昨天我又遇見他們了……」

「咦？先生！您是說真的嗎？」

頓時，房東的臉變了，被太陽曬得黑黑的臉上，熠熠發光的眼睛，表現出一副非常驚訝的神情。

「先生，您說的是真的嗎？會不會看錯了？」

「我是真的遇上了，應該不會認錯吧……有時候我去參拜時，會把花供奉在墓前，昨天確實遇見他們向我道謝致意……」

我盡可能保持順暢地說下去，但房東的表情看來十分滑稽，令我不自覺地微笑。不過，看到他蒼白的臉孔，感覺到他對此事抱持相當嚴肅的態度。

「果然如此！」房東很失望地坐在我身邊，雙手交疊在膝上，青筋糾結滿是皺紋的手還顫抖著。突然他激動地揮手對我說：「不可以！不可以！先生！請您不要再去那個地方了，我怕會出事！」

他不顧我一臉吃驚的模樣，繼續揮動著手說：「先生，您遇到的並不是活著的人！因為日野的孩子聽說去年的這個時候就死了。日野的孩子死去沒多久，那個女僕和老爺子也差不多在同一時間去世，所以他們都葬在同一個地方。」

「什麼？他們都是死人？」

「先生遇到的那些人，全都是幽靈啊！」

「不會吧！你是在跟我開玩笑吧！」

不知為何，我抱著肚子卻怎麼也笑不出來，好像有什麼東西梗塞在我胸膛。

「如果先生所言屬實，那麼我所說的就不是在開玩笑或是撒謊了。先生到日野涼子的墓前參拜，那個地方位於了雲寺附近吧！我昨天才聽到這些傳聞的……」

房東露出很嚴肅的表情說著。

「……」

我聽了也感覺十分詭異。

「昨天聽到這些傳聞，本想等您回來之後再告訴您，但是我內人覺得不妥，央求我還是等到隔天早上再跟您說比較好，所以才……」

終於，我的臉愈來愈嚴肅了，房東詭異地壓低聲音跟我說了這番話，不曉得是不是幽靈逼近的時候就會有這種感覺？我的脖子突然感覺一陣冷颼颼的寒意，雖然外面的天空很晴朗，也看得見雞在庭院裡啄食的模樣，但房東卻壓低聲音，加上他蒼白的臉孔，好像看到了什麼幽暗恐怖的東西，表現出一副欲言又止的模樣。

接下來，房東將他所聽到的事向我娓娓道來。

起先房東聽到我遇見那些人的事情並不感興趣，只不過提起在了雲寺那樣的荒廢山寺附近，有一位叫做日野涼子的東京人葬在那裡。正好昨天到外面工作的時候，巧遇當時住在日野宅邸附近的鄰村村民，兩人寒暄起來，房東忽然想起住在家中的客人（也就是來自東京的我）曾說過在墓地附近遇見少年一行人，於是那位村民就笑著說：

「別開玩笑了！日野女士的孩子，一年前早就因病去世了，不是嗎？」

房東聽了對方所說的話之後就沉默了半晌。

房東形容那位少年長得真是俊美，十一、二歲就留長髮，年紀大約二十五、六歲的女僕和上了年紀的老爺子，三人同時出現在墓地附近，於是對方突然間什麼話也沒說，表情變得很陰沉。

「於兔吉君！你說的句句屬實嗎？確實是日野的孩子？」

「光天化日之下，沒有人會特地把人叫住，還開這種玩笑的！」房東相信那是事實才會如此回答對方，並且露出一臉不高興的表情。
我雙手抱胸專注地聽他說下去。
「先生！我絕對沒有惡意。請您不要再到那裡去了好嗎？連原本的地主都已經很少走到那裡了，那是個極荒涼的地方，要是出了什麼差錯……我可擔待不起啊！昨夜我把這些事情告訴內人，她也覺得毛骨悚然……真令人傷腦筋啊！」
聽到房東這番話之後，我也感覺很不舒服，回想自己曾經多次駐足那塊墓地，內心的惶恐不安，更是明顯地表現在臉上。
當然，我的知識水準並沒有低落到愚笨的地步，倒是不會人云亦云全盤接受剛才的說法，但也不會嗤之以鼻，應該算是半信半疑吧！其他人根本不知道，只有我親眼目睹那三人出現在墓地的事實，如果將我所描述的內容一概當作荒唐無稽之談，那也未免太武斷了。愚笨歸愚笨，至少這位房東是不會隨便亂說話的，這點確實是如此。
「若下次再遇見那位茂十先生，可以多請教他關於日野小姐的事情嗎？」我低聲問道，並且看著房東的臉，「真過意不去，能不能麻煩你帶我去找那位先生呢？」
「嗯，沒問題啊！若先生能夠和對方當面談的話，茂十先生或許就不會把我說的話當成玩笑話了……他的住處距離這裡差不多一里半左右，不過我知道有個捷徑可以通往該處，假使您願意的話，我可以帶您一道過去。」

我當然很想知道自己看見的是不是亡靈，因為心中一點頭緒也沒有，昨夜也因為思索這個問題，弄得我輾轉難眠，若得不到真正的答案，總覺得難以釋懷。

鄉下人果然比較爽快，房東根本不用什麼準備，就直接帶著我出發了。

在房東的引導之下，很快地我們穿過庭院前那片麥田，從稻荷神明的祠堂旁樹木林立生長茂盛的櫻山，踏著陡峭的小徑，繼續往深山裡前進，原來這就是房東所說的捷徑啊！若不是在地人，恐怕不會知道這麼隱密的一條小路。我從未想過會從東京來到人煙罕至的逗子，又踏進如此隱密的深山，這片陽光照射不到的山陰，不管怎麼走，路總是蜿蜒曲折。好不容易繞了幾座山峰，眼前一片開闊，田圃映入眼簾，在樹林裡有幾戶人家散置其間，中央有一座像是小學的建築物聳立在那兒，從山上看下去一目瞭然。

「那就是茂十先生所住的谷津村，再走幾步路就快到了！」

房東邊指著前方邊對我說，若是按照正確的路徑，從逗子的方向繞到這裡，必須沿著田浦的街道，花上一個半鐘頭的腳程，然而對於鄉間小路還走不太習慣的我來說，剛才走的這段路像是已經走二、三里路那麼遠。不過，好不容易已經走到村莊邊境，沿著兩旁種植許多柿樹的向陽街道上，在一間屋頂由稻草葺成的房子前面，房東終於停下腳步。

「這裡就是茂十先生的家。我問問看他在不在家，請您在這裡稍待一會兒。」

於是房東很快地走進屋內。沒多久，有個人從裡面走出來。

「您好，我就是您要找的茂十。」

一個年約五十五、六歲的老頭彎著腰拿著手巾，果然是鄉下的歐吉桑，身上穿著外出的工作服，一看就知道他絕對是個堅毅固執的老實人。

稍微寒暄幾句，茂十說什麼也要請我進去屋內喝杯苦茶。於是我們三人邊喝茶邊眺望在寧靜的庭院裡盛開的梔子花。

「唉呀！您知道嗎？俺從於兔吉君那兒聽到關於您的事，真是嚇得我魂飛魄散！」

然後茂十先生便斷斷續續地用他濃重的口音將我想知道的事娓娓道來。

當然，倒也不是說茂十先生和日野家的關係有多親近，雖不曾踏進他們家，但是從東京遷移到此居住的日野家，在這雞犬相聞的小小村落裡，大家早晚都會碰面，所以對於對方的背景多少還是有些了解。

首先，基於我的要求，茂十先生形容了一下關於日野涼子孩子的容貌身材，他所描述的和我遇見的那位少年的容貌和身材幾乎分毫不差，也是穿著長袖衣物、身材瘦弱的樣子。

其次是那位女僕——茂十說他並不知道對方叫什麼名字，不過依據他的形容，和我所見到的婦人的容貌也是分毫不差；最後是那位老爺子，因為他外出工作的時候經常會遇到對方，所以關於老爺子的事所知甚詳，我也照例問他對方長什麼模樣，結果他形容的體態、動作、上了年紀但精神矍鑠的容貌，也和我所見到的是一模一樣。

雖然茂十先生謙稱他知道的事情並不多，可是在這小小的村落裡，從身為在地人的茂十先生口中探聽到的事，可說是知之甚詳。我簡略描述如下。

約莫六年前，日野家在此蓋了一棟新房子，年輕的男主人也就是上回所見墳墓的主人與年輕的太太也就是日野涼子和他們的孩子三人，加上老爺子與他的女兒，也就是後來我所看見的女僕，他們一同從東京遷到此地定居。

平日從未與村民有過任何往來，所以也很少人知道哪一位才是男主人，據說男主人外貌俊俏，身材略顯瘦弱，好像是個學者，平時不曉得在進行什麼樣的研究，剛搬來還不到一年，就因病去世了。

當時日野涼子還特地從鎌倉請來醫生救治，但是連村民們也不知其因，於是大家流傳著日野一家會從東京遷移至此，真正的原因恐怕是因為罹患肺病的緣故。

年輕的太太也就是音樂家日野涼子小姐，有時候會前往東京進行演奏，不過，自從男主人病逝後，就漸漸從樂壇淡出了。

大部分時候都是老爺子陪同她到田浦的停車場，然後坐火車送孩子去鎌倉上學，俺以為她的身子會如此虛弱，主要是因為丈夫過世後，必須獨自撫養那位少爺的原故。她在丈夫過世之後，停止對外的一切活動，來到這裡之後，她的個性也變得愈來愈封閉。

大約三年前，那位少爺也不去鎌倉上學了，每天由東京來的家庭教師指導課業，俺也曾見過那位東京來的家庭教師。

總之，男主人、女主人和他們的孩子，他們的肺似乎都相當孱弱，一直安靜地住在這裡，雖然幾乎不與村裡的人往來，卻經常看到從東京來的朋友或醫生開車到這裡來探望他們一家人。

日野家是遷來此地進行療養的，因此與村民們並沒有來往。日野家新建的宅邸是蓋在一處名為桐澤台的高台處，因此又叫做「桐澤台別莊」。

村民知道年輕貌美的女主人是一位名音樂家，卻從不擺架子，不論何時何地，也不管是誰，只要看過這位女主人一眼都會臣服於她的美麗，她那溫柔祥和的眼睛，好像剛從睡夢中醒來似的令人沉醉。村裡唯一進出過桐澤台別莊的只有在小學裡教唱的女老師。

「真可惜！今年春天，剛好這位女老師也轉到橫須賀地區的學校教書，實在很不巧！您來的時候，她已經離開這兒了。」茂十先生邊說邊叼起菸管吸了一口菸。

雖然和村民沒有什麼往來，不過聽村裡的人說女主人的老家可是紀州一帶的大財主，從那裡送來不少生活用品，讓日野家過著極為豪奢的生活，像是村裡牽線裝置電話的，就只有桐澤台別莊一家；另外村裡捐獻的時候，只要向他們家募款，總是會募得許多錢，為人慷慨的日野家被村民傳為美談。

「本來宅邸裡應該過著快樂美滿的生活，有時候夜裡經過別莊時，可以聽見美妙的鋼琴聲，伴隨著少爺和女主人的笑聲，感覺氣氛十分熱鬧……」

茂十先生想起當時的情景，不覺閉上眼睛沉思良久。

去年春天，女主人去世了，葬在了雲寺附近的墓地。從那以後，桐澤台別莊就好像啪一聲火熄滅了似的，變得落寞而荒涼。後來，據傳少爺的病況也轉為惡化，黃昏時，偶爾來不及從田浦送冰塊來，那位老爺子只好獨自一人向村裡的冰屋討一些冰，讓少爺退燒。

去年八月少爺依然病逝了，那時候從紀州老家來了許多親戚前來探望，這時候女僕的病況也漸趨惡劣，沒多久女僕的棺材也尾隨少爺的腳步葬在了雲寺附近的墓地，接著那位老爺子性情就變得怪怪的，最後選在自家倉庫自縊身亡，後來是由紀州老家那邊的親戚前來收拾善後，並且把他們的遺物都帶回家鄉。

從那之後，桐澤台別莊就由村公所的會計永瀨先生負責管理，由於村裡的人都很害怕，沒人敢靠近桐澤台別莊一步。

最近聽到的消息是紀州的親戚好像和永瀨先生之間有信件往來，決定拆掉別莊，把地產捐出來給我們村裡，至於詳細內容，俺並不是很清楚，若想要知道更進一步的消息，建議您不妨去找永瀨先生，他應該很樂意分享吧！

以上就是茂十先生以他濃重的口音，彷彿鄉下人講古的方式，敘述整個故事的來龍去脈。

「真是多虧了他們啊，捐了那麼多錢給村子，但是他們是因病移居至此，對於村民來說真不知道該感謝？還是避之唯恐不及？實在是令人左右為難，就好像身體某個部分又痛又癢，教人不知該如何是好……」茂十先生苦笑說：「至於那位老爺子啊，聽說很

久以前就一直在紀州的老家幫傭，那位女主人啊，從小就是讓老爺子一手拉拔長大的，你看見那個女僕啊，是他的親生女兒，他們父女倆一直都忠心耿耿地服侍著女主人。因此當女主人和少爺相繼去世之後，自己女兒也亡故，對老爺子來說，這世上再也沒有什麼值得留戀的事了，才會走上自縊一途。村民們認為那棟宅邸給人一種不太舒服的感覺，所以幾乎沒人敢接近一步，只好任其荒廢，真是可惜，偌大的宅邸竟落得如此下場！」

茂十先生說完，便替我們重新沏了一杯茶，杯裡還放了菠菜的葉子，這茶中果然帶著農家才有的在地風味。

從茂十先生的話裡，可以感覺到日野涼子一家背負著深愛這片土地的人們對疾病產生的偏見，難怪他們生前過著如此寂寞的生活，這點多少也能體會了。

「罹患宿疾之人，想來就覺得很可憐，那麼可怕的疾病，當然還是選擇一處固定的地方長期休養比較好，我們這個村子是很適合沒錯……但這個方法終究還是行不通啊！」

茂十先生回望房東露出苦笑。這對於最近歷經喪妻之痛的我來說，真是說中了我的切身之痛啊！因此更能體會那樣的感受吧！

「茂十君目前還在村裡的衛生所服務嗎？」

房東擺出一副應酬似的樣子說道。總覺得從剛才茂十先生所說的內容，大抵是以村子或公共的立場提出的看法，原來如此，這下子總算明白了。

「還有聽說得了那種病的患者，大部分都長得很美，肌膚晶瑩剔透，現在想起來，那個時候好像病得還沒那麼嚴重，常常看見女主人牽著少爺……從了雲寺的墓地參拜回來，有時候會在前面的坡道上看見女主人，兩個人看起來簡直就像從畫中走出來似的那樣美麗。對方看見我這個老頭子常常會心一笑，我在這個村子裡住了這麼久，還從未見過如此美麗的女子。」

茂十先生在敘述著他所見過的日野涼子的時候，適巧看著屋內走出來一位年約十歲，膚色黝黑，臉上還掛著鼻涕的孩子。

總之，關於日野家和村裡的人詳細的往來情況，茂十先生也不太清楚，然而大致上我所聽到的主要是以女主人以及少爺的情形比較多。

當然，上述這些並不能滿足我的好奇心，正因為感到有興趣，才會專注傾聽茂十先生的說法，不過我想知道的疑問，其實多到堆得像山一樣高。

首先，如此氣派的家庭，為何墓地不選在故鄉或任何地方，偏偏要選在一個人煙罕至、交通不便的逗子附近，而且又是設在荒廢已久的了雲寺旁？

為什麼沒有人來掃墓，難道了雲寺的住持或是管理墓地的連一個主事人也沒有嗎？

若少年一行人的墓地葬在同一個地方的話，又為何不和日野家的男主人、女主人合葬在一起呢？不停往下追究，一連串的疑問便盤據在我心頭，久久揮之不去。

仔細一想，以上就是到昨天為止我心中感到好奇的事，但是現在我只想知道一件事。那就是到底我是不是真的遇見已經死了的人？對我而言，這是目前唯一的關鍵所在，而且我也是基於這個理由才會大老遠跑到這裡來，現在正是我準備說出心中想法的時候。

茂十先生突然欲言又止，一副躊躇的樣子，後來還是說出以下這段話。

「俺不曉得這樣說是好還是不好……所以不敢大聲對你們說，村子裡傳言說要是住在那棟別莊，最後的命運必定難逃一死。有一個說法是女主人住在紀州的親生父母，從前是鞣製[5]革皮起家的，後來富甲一方，但是為人相當刻薄，甚至連女主人在小時候也受過繼母的欺凌，過著苦命的生活，於是報應在她們這一家人，我不知道這種傳聞是從哪兒聽來的或經由誰口中傳出的，不過像這樣做壞事的結果報應在這家人身上，大家聽了都覺得很害怕……」

看來話題似乎轉到茂十先生所說的那個故事上面了。

我在想到底該配合他的話題好呢？還是將話題一轉，要求對方滿足我真正想要知道的疑問好呢？不過，我曉得即使從他所說的故事中刨根究底，也不可能滿足我的好奇心，所以決定中斷這個話題，說出心中真正想要獲得解答的疑問。

簡單來說，我遇見的那三人，不論是那位少年、女僕或老爺子也好，三人之中只要有其中一人的照片讓我看一眼，就可以判別我親眼所見、親耳所聞的那些人，到底是不是已經不存在這世上。

「有啊，您這一提，俺倒想起來了，女僕和老爺子的照片沒什麼印象，只有那位少爺的照片，俺記得在逗子的照相館裡好像放了一張，從前經過照相館門口時，記得曾看過……」

這正是我要的答案。於是我們一行人即刻前往逗子的停車場旁那家照相館，想要看看櫥窗裡擺的那張照片。

我感覺無比雀躍。當然只要有那位少年的照片就夠了。因為茂十先生曾見過那少年，我們求他務必與我們同行，我認為有必要再次確定茂十先生所指的少年的臉和我所見到的少年的臉是否吻合？

「應該不會錯吧！雖然到昨晚為止，俺也一直在整理思緒，不過，要俺現在說出有什麼特徵，一時之間也說不出個所以然……」

看到茂十先生一臉困惑的樣子，我也不好意思再麻煩他了，畢竟他已經提供許多有用的線索給我了，若是再添他的麻煩會很不好意思，我考慮了一會兒，到底該暫時壓抑自己的好奇心？還是讓對方繼續傷腦筋？就在我拿不定主意的時候，對方先開口了。

「這樣好了，反正俺在外頭走習慣了，還是和你們一道去吧！在逗子那邊多少也有個照應！」

果然是村子裡熱心公益的有力人士，他很爽快地答應我們。

當然這麼偏僻的村莊應該叫不到計程車，不過，在茂十先生的指引下，我們沿著街道走出去，來到一處可以往返逗子的計程車停車場，途中越過稻田，在位於遙遠彼方的小高丘上幾棵椿樹或是櫻樹之類的樹蔭下一棟和洋折衷式建築前方，茂十先生指了那棟氣派的房子告訴我們說：

「就是那裡！那棟房子就是日野家的宅邸。」

聽到那正是一家人全死光、如今沒人住的廢宅，不由得打從心底升起一股寒意，但是看了看屋頂似乎也沒傳聞中那樣荒涼，雜草蔓生。在日照之下彷彿像初見一位美麗的都會婦人撐著洋傘喜孜孜地出現在面前，予人一股怡然清新的風味。

不久，飛沙走塵地朝目的地奔馳的我們，沿著長長的街道往逗子前進，茂十先生所指的照相館，我倒是從未注意到，從平時經過的停車場往田越橋方向走，過了路旁的神社就近在眼前，最後汽車在照相館旁停了下來。

「出現了！果然還在！」

茂十先生正準備下車的時候，往櫥窗的方向望去不自覺叫了出來。於是我們三人小跑步湊近一看，擺放在櫥窗裡的眾多照片之中，果不其然，如茂十先生所言，我一下子就認出了那張照片。

由無數照片裝飾的櫥窗，差不多是正中央位置，一張大大的照片裡，有個男生穿著附有金釦的西裝，沒有戴帽子，有點嚴肅地站著，凜然的眼神，像女孩般優美有氣質的容貌，相信只要見過他一次，就會留下揮之不去的深刻印象。

我再次全身寒毛直豎，卻噤聲不語，等待茂十先生主動開口打破沉默。

「是這位少年沒錯吧？」

茂十先生帶著令人嫌惡的語氣，從玻璃櫥窗上用手指著就是那張令我全身寒毛直豎的照片。

但是我故意不那麼快答覆他，歪著頭假裝在思索。剛才我已暗自下了決心，不想再惹上任何麻煩了。若是我據實以告，說照片裡的人就是我所遇見的那位少年，那麼等於確認了我遇見的是亡靈，如此一來一定會出亂子的，那麼日野涼子的墓可能死後還要被村民挖出來不得安息。而且恐怕會使得原本已經嚇得提心吊膽的房東和房東太太更加惶恐不可終日，所以我寧可把這些當作是謠傳，就算知道真相讓我覺得很害怕或覺得很恐怖，只要當作是自己的祕密藏在心裡，也不希望周圍的人陷入沒來由的恐慌中，所以我絕口不提關於亡靈的事！

「先生，是照片上的人沒錯吧？」

無法直視照片，背對著櫥窗，站在我面前的房東發出顫抖的聲音，凝視著我，似乎在等待我的答案。

「完全不對！」

我斬釘截鐵地回答。

雖然和照片中那位眉清目秀的少年四目相對，已令我陷入無止盡的恐怖之中。但我仍舊開口說：「不對！」，並且補述一句：「並不是這位俊俏的孩子！」

「可是先生您說過那位少爺不也長得很俊俏？」

房東雖然心有不安但仍以平和的語氣對我說。

「俊俏歸俊俏，但絕不是這位俊俏的孩子！因為我所遇見的那位，眼神很可怕，而且臉蛋是圓的。茂十先生，我認為他並不是我在日野涼子的墓前所遇見的人。」

「果然是認錯了人！」

茂十先生似乎很安心地說著。不過，大老遠從家裡跑來這兒卻毫無所獲不免有些牢騷，於是他帶著幾分諷刺的語氣說：

「俺不早說過了，天底下豈有這種道理？在這世上有幽靈存在，那簡直是愚蠢至極，不是嗎？要是真有幽靈存在，不曉得會引起多大的騷動……」

茂十先生在不驚動大家的情況下，獨自在一旁喃喃自語。

後來，原本一直喃喃自語的茂十先生，突然也緘默不語，我悄聲對房東說，該是打道回府的時候了，於是用紙包了些東西當作謝禮，向佇立在一旁滿臉不悅的茂十先生致謝之後，房東便帶著我返回位於櫻山的旅館，沿途因恐怖和不舒服感令我一陣惡寒。

關於這世上是否有幽靈存在，對我而言已經毫無意義了。不管幽靈存不存在，現在最重要的是如何化解我心中的恐懼感，此外別無所求。正因無法掌握確切的證據來證實少年一行人仍活在世上，才會令我感到渾身戰慄，面對這種不祥的感覺，我完全不知所措。

「那麼明天咱們再到了雲寺附近，日野家的墓地仔細詳查一遍如何？」

房東如此對我說。不曉得他是否察覺出我的異樣？

那是不可能的事。若是從前對這件事還一無所知的時候倒還可以，如今要我再到那座荒蕪山寺的墓地去，光用想的就令人渾身顫抖不已。

即使披著夏季的外套拉高衣領，也愈發感覺寒風刺骨，彷彿此刻在我眼前也聽得見撥開萱草的沙沙聲從前方傳來，並且朦朧映現那些呈現蠟色般的臉孔，忽然有種好想緊緊拉住同行房東的心情。

「啊！怎麼啦？先生！」房東回過頭來皺眉說。

「您是哪兒不舒服啦？看您一臉蒼白！」

到底是蒼白的臉？還是驚魂未甫的臉？其實我自己也不清楚，在那時候我心意已決，差不多是應該離開這裡的時候了，明天要打包好行李，回到燈火輝煌的東京。不過，在此之前，我應該找什麼理由向房東說這件事呢？看來今晚得為此事傷透腦筋了。

向房東表明我的去意這件事的確有些難以啟齒，雖然如往常一般，獨自一人睡在自己的房間裡，但是對我來說，似乎從未有過如此長夜漫漫，等待遙遠黎明到來的心情。

不知不覺已是清晨了，從雨窗縫隙可以看見東方的天空已呈現魚肚白，不免令人興起一刻千秋之思。

我打從心底起了冷顫，在初夏濡暑的夜晚，我盡可能蓋著厚厚的棉被，卻愈覺得凍寒，整個人蜷縮在被窩裡，不停顫抖。

一想到昨天為止還能在墓地裡逍遙自在的心情，就覺得那個人其實並不是自己，彷彿是別人的感覺。現在想起來覺得很不可思議，我當時怎麼會有那種勇氣？真教人百思不得其解。

現在若要我再去給那些死去的人們祈求冥福，點燃線香放在火缽裡燒，就算心裡這麼想，我也辦不到了。這時我從被窩伸出手，說時遲那時快，好像有什麼冷冷的東西鑽入我衣襟，接著就像萱草上颯颯吹過的蕭瑟風聲從遠處傳來不絕於耳。

終於聽到第一聲雞啼、第二聲雞啼，接著聽見第三聲雞啼，當白色晨光從雨窗的縫隙射入屋內，真想向太陽和無心啼叫的雞獻上我由衷的感謝。

黎明到來的同時，感覺像後有追兵似的，當然連早餐都還沒吃就趕緊收拾行李，準備結束在逗子漫長的生活。

幸好，雖然我打發掉原來的房子移居到逗子住，不過在東京的中野還有當軍人的大哥一家可以暫時收留我，那兒有可愛的姪子，如果我在他家落腳也有很大的空間可以睡覺休息。先前，大哥就對我說過，哪天結束逗子的生活回到東京來不妨到他家，所以我現在突然打包行李過去他那兒落腳，應該不會給對方添什麼麻煩才是。

為何不繼續在這兒住下去？對於替我操心的房東夫婦，我邊找適當的藉口搪塞，邊請房東先生替我打包行李，支付應該支付的費用，該打招呼的打招呼，希望能趕在傍晚之前處理完畢。住了相當長一段時間的逗子，還是有許多事情必須一一親自打點，沒想到許多事全都集中在這個時間處理。雖然初夏的白天特別長，最後依然忙到夕陽西下將近夜晚時分才好不容易結束這一切。

夜晚又即將來臨，真令人感到厭煩，離開幽暗的鄉村，打包回到燈火通明的城市，那時就不會再想到這些可怕的事了。於是我招了一部計程車，終於來到大哥所住的中野，那一夜約晚上八點多吧！大哥那時候是住在沼袋靠近新井的藥王廟再往裡面一點的地方，那一帶附近都是偏僻的田地和森林，到處都是剛蓋好新建的大房子，商店寥寥可數，以郊外的住宅區來說感覺頗荒涼。

正當我坐的車穿過了藥王廟來到幽暗的住宅區時，車子不時一頓一頓地停住又向前開，真是個奇怪的司機啊！我不禁暗忖。這時，司機突然把車停下來。

「真的很奇怪耶！先生不好意思，請等我一下……怎麼會遇到這種事？」

然後，司機把車停住，一手握著方向盤，視線越過擋風玻璃凝視前方的暗處。

「發生了什麼事！」我坐在後座大聲問道。

「先生，好奇怪喔！從剛才開始有兩、三次，我看見一位瘦瘦的孩子在車子前方徘徊……」

司機好像在向我道歉似的邊眨眼睛邊心虛回答我。

「但是把車停下來卻又不見任何蹤影……好幾次都是同一個孩子在前面徘徊，難道我眼花不成！」

司機恍惚地說著，我聽完他的話也感覺自己全身顫慄，臉上的血液好像頓時被抽光似的。

「向前開！不論誰擋在前面都別管他！」

我的語氣非難似地向司機咆哮。

「連個人影也沒有！真怪！對不起！繼續向前開吧！」司機喃喃自語。

再次發動車子往前開。走了還不到五、六部車間隔的距離，突然間……

「危險！」司機發出尖銳的叫聲。

只聽見輪胎與地面劇烈摩擦的聲音，原來車子其中一個輪胎陷入路旁的溝中，司機才會緊急踩煞車。

車子停下之後，司機臉色大變迅速下車，連忙蹲下來一會兒看看輪胎下面，一會兒又繞到側面去察看。

「真是的，連個鬼影也沒有！」

司機好像快哭似的茫然愣在那兒。我突然有種奇怪的感覺，不想看到在暗處被車前燈照著的司機的臉。

「走吧！搞什麼東西真受不了！到家之後我再把車錢付給你！快跟著我一道來吧！」我大叫。

「對不起，先生，我從沒遇過這麼奇怪的事……」

司機把車子停在原地，急忙跟上前來，不時還訝異地回頭看車子所在的方向，但是那一帶黑漆漆的什麼也看不見。

我已不想管到底發生了什麼事情了，心中只想快一點趕到大哥的家，但怪事還不只如此，當我來到大哥的家，在門口的燈下把車錢付給司機讓他回去之後，進入玄關時，明早上學的孩子們已就寢了，女僕們則是忙裡忙外的尚未休息。

「啊，是公一啊！好久不見呢！」

很訝異竟然是嫂嫂親自出來迎接，經過飯廳的我走到一半突然朝玄關方向豎起耳朵傾聽。就在我身後準備關門的嫂嫂，站在脫鞋子的地方，似乎不知道在跟誰講話。

「唉呀，我怎麼沒注意到！你從剛才就一直站在這兒嗎？是跟著小叔一道來的嗎？」

本來準備坐下的我，立刻站起身朝玄關的方向飛奔出去，同時嫂嫂也朝這邊快步走來。

「來，請往這邊走！」說完回頭看著我說：「啊，公一，你也真是的，帶朋友來也不跟我說一聲，居然放著他一個人待在玄關那兒！」嫂嫂說完，便拿起床墊拋向地板，鋪好兩人分的床鋪。

「嫂嫂！」我終於受不了，從她手中搶走床墊，「妳在做什麼啊？這裡除了我沒有別人啊！」

因為我粗暴的言詞，嫂嫂顯得相當吃驚吧！一瞬間像發呆似的跪在原地抬頭看著我說：

「你說什麼啊？」尷尬地笑著，發覺好像真有點不太對勁，於是回頭瞄了一下走廊的方向。

「好奇怪！剛才不是跟在我後面一起進來的嗎？」

嫂嫂一臉茫然，愈想愈覺得奇怪，於是她一會兒走到玄關處把門嘎啦嘎啦地打開來瞧一瞧，一會兒又回到屋裡瞧一瞧，一副心中疑慮難以釋懷的表情，最後終於放棄回到屋裡。

「剛才載我來的計程車司機和嫂嫂都說了同樣的話。到底有誰在哪兒？是不是一個孩子在附近徘徊？」我有點憎惡並且語帶嘲諷地說著。

「嗯，沒錯……」嫂嫂坦誠接受「差不多如同你所說的」，然後用手比了一下她看見的那個孩子的身高，「看起來好像病弱的模樣，像女孩一樣漂亮的俊俏臉龐，小叔你真的沒有帶任何朋友來嗎？」

嫂子覺得我像在和她開玩笑似的，一臉狐疑的眼神望著我。

這時候，大哥慢條斯里地從二樓的階梯走下來說：「回來了！」

嫂嫂終於放棄地說著：

「那，果真是我看錯了？」

嫂嫂仍一副不解的表情，站起來轉身要離開，但是我並不想開口跟大哥說話，因為此刻我的內心十分惶惑不安，心裡七上八下的，無所適從。

這次，恐懼的感覺再度襲上我心頭，與其說憎惡或不舒服，倒不如說我心中充滿了憎恨，莫名其妙的我，卻苦於不知該向誰發洩才好。那個亡靈居然在這裡也出現，我心中咒罵著，不禁怒火中燒完全無法心平氣和。

但是，我生氣的對象並不是活著的人，也不知道他何時會現身，就算現身在眼前我也看不見，只有周圍的人可以看見他的存在，連個鬼影子也摸不著。我搔著頭心想。

「幽靈出來吧！快點現身吧！」我很想向那位看不見的亡靈提出挑戰，有種說不出來的暴戾之氣向我襲來。接下來我覺得好疲倦，便靠在茶几上喘息。

「怎麼回事？你的臉色好難看……」

大哥話說到一半，無意識地望著我，一臉沮喪的樣子，彷彿整個屋裡充滿了陰鬱的空氣。

「自從弟妹去世之後，也難怪你會感覺到一個人很寂寞，現在連你也病了，真是傷腦筋啊！我還一直擔心你說要回來住卻遲遲沒有消息，剛想到這件事，你又慌慌張張地回到這裡，真是的！」

看著大哥的臉，我再也忍不住了，我根本不想再跟他多說話。

「大哥……很抱歉打斷你的話。」我看著大哥躊躇的臉色，繼續說道：「別怪我說的東西無聊……大哥，感覺得到有人坐在我旁邊嗎？像是小孩或什麼東西坐在這裡的感覺……」

「……」

大哥呆瞪著我。

「大哥，我之所以會這麼說，絕不是因為發瘋或腦子有問題……最近我遇上一些怪事，弄得我快發狂了！我很害怕那東西。大哥，你的臉色變得怪怪的……我很討厭那東西！大哥，真的沒有別人嗎？在我身邊，真的沒有像小孩之類的東西坐在那兒嗎？即使現在沒有……我想他一定會出現的，如果出現的話，請你跟我說一聲好嗎？我有句話想說。到底對我有什麼恨意，總是讓我遇上這些怪事！」

「……」

我整個人幾乎呆掉了，內心困惑不已，想說出來又不知從何說起，複雜的表情全寫在臉上，而緘默不語直盯著我的大哥，當時他的表情我一輩子也忘不了。

大哥不知道我究竟是瘋了？還是受到什麼刺激？一時之間精神錯亂。只是睜大眼睛不發一語，把我的臉當作空洞般凝視著。

最要命的是大哥並不知道整件事的來龍去脈，而我已沒有多餘的時間和力氣，再按照事情發生的先後順序重新敘述一遍。雖然我平靜下來想試著說，但是無來由的暴怒與憤懣，讓我感到不安與迷惑，我的腦子一片混亂，完全無法進行理性的思考。一看到大哥像木偶般呆坐在那兒，不免怒火中燒，我又開始搔頭了，這顯示我內心有多焦慮！

「大哥，光說這些，聽得懂我在說什麼嗎？如果我旁邊有人，請務必立刻告訴我……我沒有發瘋，我沒事！但是，再繼續下去的話我會發瘋！我好害怕那東西……我知道如果發瘋會很可怕，所以才拚命想拜託你！」

「真傷腦筋啊！」大哥好像可憐我似的看著我喃喃道。他突然改變了語氣。

「好的，好的！我了解！我了解！我已經知道了，你可不可以暫時冷靜一下，總之先休息！想做什麼事情我都會幫忙的。總之，先休息一下……我會陪在你身邊……暫時先冷靜一下好嗎？」大哥站起身，把兩個坐墊收起來，「來吧，先躺在這裡！我馬上替你拿床墊！」

大哥從背後用力拍我的肩膀，硬是要我休息。

「別再說那些愚蠢的話了，大哥，別開我玩笑，難道你聽不懂我在說什麼嗎？」

「不，我了解！我了解！我沒有誤會你的意思！絕沒有誤會你的意思！先照我的話做吧！」

大哥很快地離開房間，沒多久和嫂嫂兩人急急忙忙趕過來，女僕也幫忙把塞在櫃子裡的床墊和被單拿出來，並且拿了一條濕毛巾放在我的額頭上！那滑稽、可笑的模樣真是令人啼笑皆非。

大哥和嫂嫂進來之後什麼話也不說，我知道他們心裡一定很擔心我的狀況，我想等明天早上大家心情平靜了再慢慢向他們說明，暫時不想管他們。但是，這時候門鈴突然響了，女僕前去應門。

大哥把濕毛巾放在我的額頭上，這點還可以忍受，但是他現在又請附近的醫生過來替我注射鎮靜劑，這點我就受不了，所以我立刻跳了起來，大哥很慌張地連忙將我壓制住。

「大哥，我不需要醫生！快點停下來……我說過了我沒有問題……煩死了！大哥！是我不好，我沒時間好好向你解釋清楚，所以你聽不懂我在說什麼對吧！我應該從一開始就好好把話說明白讓你接受……」

「我了解！我了解！這些我都知道，你可以暫時先冷靜下來嗎？」

「說什麼我了解！我了解！其實大哥一點也不了解我！」

「我很了解，沒問題的……我會注意的……我會注意的！我會注意你所說的那個人！」

「真是太好笑了，淨說些廢話！」我實在覺得太好笑了，於是不自覺地「啊哈哈哈哈哈哈哈」捧腹大笑。

這一笑，讓原本擔心不已的兄嫂更加擔心，以為我大概發病了才會如此反覆無常。兩人互相看了一眼，然後很擔心地偷偷看著我。

他們大概以為我這個弟弟簡直精神錯亂了，大老遠從逗子像烏雲一樣跑來引起一陣騷動。兄嫂心裡一定想著，本來應該是休息時間的，沒想到卻發生這種事。可是這令我相當困擾，我從沒遇過被別人當成是瘋子般對待，不管怎麼向他們解釋都沒用，在他們眼中的我，是個不折不扣的瘋子，就算死也不可能成為喜劇的主角，我開始胡思亂想，萬萬沒想到連我的親哥哥都無法理解我說的話，這種事怎麼會發生在我身上？真教人無言以對！

而且，最尷尬的是，之所以會從逗子逃出來是因為恐懼，而現在令人恐懼的人居然變成我自己，這不是很可笑嗎？因此我從剛才就一直嘲笑自己。

明天我還要再返回逗子一趟，出發去了雲寺，在那裡待一個晚上也好，兩個晚上也罷，總之要等到那位少年出現，好解除我心中的疑慮，若不這樣做的話，心中的憤懣真不知該如何發洩，我凝視著天花板上的電燈想著這件事。

大概是看到我的狀況逐漸穩定下來，可憐的大哥雙臂交抱於胸，一旁的大嫂也隨侍在側，整夜看守著我。

—◇—◇—◇—

當天晚上。

經過一陣混亂的騷動之後，兄嫂在二樓的客房舖好了床，準備讓我好好休息，說些明天再來看看我之類安慰的話後，便下樓回房了。我鑽進厚厚的棉被裡，仰望著微暗的天花板，很認真地思考，看來今晚想睡也睡不著了。

身體過度疲勞加上憤怒等諸多複雜的心情終於緩和下來了，好不容易開始想睡，腦中好像有什麼栓子被拔掉似的，一會兒又啪地醒了過來，四周安靜無聲，只聽見遠處傳來狗吠聲好像貼近枕邊似的，這時候已經是半夜了吧！

我不曉得其間醒來過多少次，一直緊閉雙眼的我，眼前歷歷如繪竟是了雲寺墓地的景色。寂寥的森林、暗處的白色墓碑，好像飄浮在夜晚的黑暗中，在那當中踩著落葉悄然走近的那位少年的形影，令我忘也忘不了。

我努力不讓自己繼續想下去，但是不曉得是誰一直盯著我看，如同磐石般的力量壓迫著我，感覺好像天花板滿是令人目眩的光芒。豎起耳朵聽，不曉得從哪兒傳來使葉子顫抖不已的颯颯風聲。

大概是因為我的心已經疲倦了，不再感到恐懼或憤怒，甚至連人類的感情都消失了，像個白癡凝視著那樣的風景。

接著那位少年朝著我的方向接近。有一種言語無法形容的寂寞雙眼……令人懷念的臉龐……以及世間少見如此優美高貴氣質的人物。少年的眼睛像在訴說什麼似的注視著我，像風吹掠過樹梢發顫的感覺，也像哪兒有鳥悄悄啼叫著。少年的唇什麼話也沒說，卻彷彿已道盡一切。或許是因為我凝視著他，使他膽怯害怕開不了口，但是他的模樣卻深深打動我。看見我笑了，少年的唇似乎也漾起了美麗的微笑。

「哈哈哈哈哈哈哈」，實在太可愛了，我不自覺笑了出來，「少爺，請不要生我的氣，我只是深感困擾罷了！」

大概是聽懂我說的話，少年相當困擾地垂眼佇立在原地，一副陷入沉思的模樣。那樣子看起來更加可憐。

「我終於能夠體會少爺的心情了。少爺會懷念我嗎？」

我看見少年開心地點點頭。自己也莫名其妙地跟著點頭。看著少年的眼睛，有種好想跟他說些什麼，卻不知從何說起的感覺。

「現在我終於了解了。過去，我不了解所以會感覺到恐怖，而且心裡一直覺得難以釋懷。少爺，你可以諒解我嗎？」

我看見少年露出靦腆的微笑。

「既然明白了，以後我不會再對你害怕或生氣了。不過……」我突然想起逗子的房東和大哥一家人的事，「不過，少爺你已經不在人世了，如果一直跟著我，會讓我很困擾！」我微笑著。

「你瞧！我所到之處，不管是逗子的百姓也好、還是我哥的家人也好，大家都把我當作瘋子，對我而言非常困擾！以後你如果想來找我，無論多少次都沒關係，我不會生氣的，也不會覺得討厭，更不會無來由地生氣。但是白天來的話就傷腦筋了！」

我笑了出來，而且感覺少年好像也跟著我在笑。看見那位少年的笑容。

「所有人都把我當作瘋子耶！」我又笑了出來，接著一直笑一直笑，笑到眼淚都流出來了，好久不曾有如此痛快的感覺，少年就好像我的親弟弟一樣可愛，讓人好想緊緊抱著他。

「若你想來的話……請記得晚上來……趁著四下無人的時刻……別讓任何人看見晚上到我這裡來！那麼我就會無論多少次都願意陪著少爺玩……」。

不知何時，我感覺好像已經和少年走在一起。我們一起走著，少年開心地與我眼神交會，當我注意到我們所在的位置好像是夕陽西下的墓地時，突然間又換到別的地方，慢慢地四周被白色的霧靄包圍，我感覺自己像是輕飄飄的氣體，很愉快地走著，心情真好……不曉得睡了多少個小時，從沒這麼快入眠過，既沒有恐懼也沒有憤怒，既沒有悲傷也沒有寂寞，像是做了一場快樂的夢似地睡得很沉很沉。

當我睜開眼的時候，打開的玻璃窗外遠方射入了美麗的夏日晨光，清爽的微風吹拂著窗簾，窗台上康乃馨的花瓣也隨風搖曳，風吹在睡得精神飽滿的我臉上，心情相當好。

我看見整晚守著我擔心不已的兄嫂站在我面前。

「睡得還好嗎？」看到我醒來睜開眼睛，大哥開口說：「怎麼樣，身體還好嗎？」

「……」

我不知道該怎麼回答他，於是不發一語，看見我微笑的臉，大哥也眉開眼笑。看著大哥的臉，我又不知道該怎麼敘述昨晚發生的事，因此決定當成祕密，一輩子埋藏在心裡，不跟任何人說。

為了那位喜歡我而且年紀輕輕就死掉的小朋友，我今天還是要再去逗子一趟，這次改到了雲寺旁少年的墓前親手獻上香花。

我心中盤算著再去一趟逗子，並且篤定地回望一直守在我身邊似乎已經放心的大哥那張軍人模樣粗線條的臉龐。

1 位於日本神奈川縣三浦半島底部、橫濱市的南西、橫須賀市的北西、鎌倉市的南面、三浦郡葉山町北面的都市。

2 是位於日本關東地方南部的一個海灣。範圍為三浦半島南端城島（三浦市）到真鶴半島真鶴岬（真鶴町）之間連線以北的海域。

3 島田結由前髮、鬢、髻、褄（日本婦女髮型後部的突出部分）組成，是一種將耳後的髮卷移至頭頂的髮型。

4 日本關西三重深山上的一處小村落，也是古時伊勢街道的一大驛站。

5 鞣製，是指使用丹寧酸液等「鞣劑」浸泡鞣漬。

赤い首の絵

赤首之繪

一九二七年二月

發表於《新青年》

片岡鐵兵

明治二十七年（一八九四年）二月二日生於岡山縣蘆田郡芳野村，昭和十九年（一九四四年）十二月二十五日去世。大正七年（一九一八年）在關西地方任職記者。以短篇作品〈舌頭〉，確立其作家地位。大正十三年（一九二四年）與橫光利一[1]、川端康成[2]、中河與一[3]等人共同創立《文藝時代》，以新感覺派[4]的評論家聞名，同時，又以左翼作家的身分與《文藝戰線》站在同一線上。昭和七年（一九三二年）遭人檢舉後他的政治立場丕變，後來以軍中記者的身分被派遣到前線服務。

片岡鐵兵並非偵探小說作家，但其風格與《新青年》標榜的現代主義有所共鳴，曾發表〈死人的欲望〉、〈椅腳的曲線〉。

三木是我中學時代的好友，已經十一、十二年沒見到他了。

以前常向他借一些奇怪的書來看，像是恐怖推理大師愛倫坡[5]的小說、波特萊爾[6]的詩集以及王爾德[7]的小說，這個男人帶領我進入惡魔般唯美的文學世界。

讀中學的時候，他是校內著名的美少年，紅頭髮、白皮膚、尖鼻子，簡直像個外國人，所以同學們喜歡戲稱他為「紅毛仔」。

他家境富裕，中學畢業後直接進入美術學校就讀，美術學校畢業後，順利進入洋行工作，此後就一直沒有他的消息。幾天前，我在銀座來來往往的人潮中，忽然感覺有人拍我的肩膀，回頭一看，竟是許久不見的三木！

想不到短短十年光景，人的容貌竟會有如此大的改變，著實令人訝異。三木已不再是當年的美少年，雖然他的紅髮依舊，還認得出是從前那個「紅毛仔」，但仔細一看，他的面色蒼白、眼窩深陷、兩頰削瘦，就像幽魂一般。然而，奇妙的是，縱使他一臉憔悴，卻依然有一種說不出的俊美，就像古代的天鵝絨織錦所散發的光采……從他深刻如浮雕般的臉龐，可以感受到某種奇特的魅力。

大約一年前，三木回到國內發展，如今住在郊區一棟自行興建的住宅。他表示如果有空的話，歡迎到他家玩。由於他身邊還有其他朋友，不方便多談，我們也就沒再多聊了，彼此寒暄一下，便各自離開。

兩、三天後，我一時心血來潮，前往土地建設公司營建的郊區住宅拜訪三木。因為是重劃區，如同棋盤似的道路鋪得相當整齊，我很喜歡這樣的居住環境。猶如美式風格的社區住宅，有草地和樹蔭圍繞的紅色屋頂，在晴朗的天空下，構成了一幅美麗的景致，這裡的人們似乎都過著相當幸福的生活。

三木的家，應該與我想像中的房子相去不遠吧！就在三木遞給我名片的那一瞬間，我心中突然浮現出一幢外觀奇特的洋房，特殊的建築風格難以用言語來形容，總之，是一棟住起來可以讓人享受舒適生活的房子。

進入這一帶的住宅區時，我停下腳步，努力從放眼望去的洋房中，尋找我心目中那幢理想的房子。

「應該就是這裡！」

我走到一間平房式住宅的門前，確定是這裡沒錯！房子的外觀看來相當清爽！但是，這棟房子卻散發一股強烈的妖異氣息，令人感到侷促不安，裹足不前。

三木寓

果然，如我所料，門牌上確實寫著三木的姓氏，宛如夢中所見。於是，我信步踏上入口處的石階，緊張地按了門鈴。

隨後，一名身穿白色圍裙的少女替我開門，我將自己的名片遞給她，並告知來意。於是她引領我進到屋內的一個房間裡。

那兒應該是三木的接待室兼畫室吧！不論是椅子上或是桌子上，到處擺滿了驚悚的繪畫，奇怪的色彩在房內亂舞，一踏進這間畫室，就有一種無以名狀的壓迫感直逼胸口。

這些油畫散發著抽象的肉慾之感！使我感到無比眩惑，手臂和臉頰上的血管急速收縮，臉紅心跳不已，在羞愧與快感之間，感覺窘迫不堪。甚至連房間的牆壁都因感官上的反應，出現有如肉慾橫陳的幻覺。

更奇妙的是，其中一幅似乎剛完成的畫布上，隱約可以看出些許輪廓，卻看不懂到底在畫什麼？像是嘴唇的放大，或是拉斐爾[8]的奇想世界。不過，從用色大膽的紅色筆觸，可以感覺到畫家奇怪的執念與心中的焦慮。到底這幅畫想要表現什麼？就在我張大眼睛貼近畫布時……

「啊，你來得正好！」

三木神采奕奕地走進房間，向我打招呼。

◇ ◇ ◇

「呃，這幅畫，到底畫的是什麼？」我指著畫布問道。

「看不懂是嗎？你不知道，我在紐約跟一個無頭的美豔女鬼結婚嗎？」

「……？」

我被友人突如其來的這番話嚇著了，稍一回神，卻不敢直視對方的臉。

「那件事，和這幅畫之間有什麼關連？」

「和這幅畫之間的關連？暫且別管這個啦！前幾天偶然遇見你，真的很開心。回日本後，我幾乎很少與人往來，不是不想交朋友。只不過，因為我和美豔女鬼結了婚……如果交往的朋友，對這個話題沒什麼興趣，一定會覺得很乏味吧！你說是不是？」

「可是，我是個無趣的人，對於無頭美女，也沒多大的興趣耶……」

於是，三木似乎有點強顏歡笑地說著。

「如果沒興趣的話，可以聊些別的話題啊！我現在不找個人說說話，心裡怪難受的，請你當我的聽眾好嗎？」

「有話就說，我洗耳恭聽。」

「謝謝。其實，前幾天遇到你的時候，我說過從巴黎準備要回國之前，先到了美國轉一圈，在紐約的時候……」

「能夠旅行，真令人羨慕啊！」

「但是，你知道我為什麼要去紐約嗎？好像是為了談一場戀愛而去的。總之，到了紐約沒多久，就陷入愛情的漩渦。」

「你愛上了什麼樣的女人？」

「我愛上很純粹的紐約女子。」

雖聽到三木談起他和洋女人談戀愛，卻絲毫沒有彆扭或不協調的感覺。至於為何如此？倒令我想起從前在學校大家習慣叫他「紅毛仔」的往事。他會與洋女子談戀愛，好像也理所當然，一點也不足為奇。他英俊的外表早已超越了國界，確實是個令人稱羨的美男子。

（以下是三木的自述）

我坐船抵達紐約之後，立刻叫了一輛計程車，在黃昏的街道上急忙找尋投宿的飯店。但是車子到了某個轉角，不知為何就突然停了下來。

「怎麼回事？」

我怒氣沖沖地質問計程車司機卻不得要領。過一會兒，車子又發動了。這時，我身旁彷彿有一隻巨大的蝴蝶飛撲而來，一位女子突如其來跳上車，抓住我的肩膀。

「喂，別掙扎了，你逃不掉的！」那女子在我耳邊細細說著。

我嚇了一跳，仔細一看，原來是個年輕女孩，長得非常漂亮的美女！

（她是女賊？還是扒手？瞬間，我的思緒如墜入五里霧中）

於是我開口問她：「對我，妳想做什麼？」

「嗯，我只是想……」

她在車裡邊貼近我邊說著。我以為她會拿著手槍，槍口抵著我的腰際準備勒索。沒想到當我朝下方一看，並不是什麼手槍，而是白皙的手指貼在我的腰際，假裝要瞄準的模樣。

我心想，原來紐約也有這種阻街女郎？對此，不由得興奮起來，心情驟轉，整個人變得明朗而躁動。

「要多少錢？」我問對方。

「哈哈哈哈哈，你以為我是白痴啊！我從港口那兒就盯上你了，一路跟蹤至此，別以為幾個錢就能打發我，沒那麼簡單。先講好，我並不認識這位計程車司機！」

「那妳到底想怎樣？」

「我想要你全部的財產。」

「這下可好了，我明天得餓肚子了。」當然這句話是開玩笑的。

「別擔心，我不會讓你餓肚子的……其實……」

她邊說著，大大的眼睛溜溜地轉，突然發出驚聲尖叫。

「哇喔！你是日本仔！真奇怪！真是可愛的日本仔！我好喜歡你喔！」說完，便哈哈大笑。

我生氣了，對她大吼：「滾下去吧，妳這個瘋女人！」

「別生氣嘛！你錯了，其實我很可憐的！」

「像妳這樣美麗的貴婦，怎麼說自己可憐呢，真教人難以理解！」

「看來，你挺不賴的嘛，這麼會說話，好吧！今晚就送你大便作為見面禮好啦！」

以上這段對話，應該能讓你明白我當時的心情真的可說是非常愉快。我喜歡刺激冒險！在此之前，我一直想像自己能有這麼一天。

只要遇上冒險，不管之前多麼不幸，陷入多麼苦難的困境，我也不會感到不安，或是心煩意亂，這就是我的個性。現在能遇上如此令人興高采烈的冒險，我絕不會後悔！這就是我一直以來的生存之道，也是我面對人生的態度，我就是這樣一路走來的，相信未來也同樣會繼續走下去……

總之，我讓對方來決定我所有的命運。完全信賴她，並以我的生命作賭注。我是那種對於女人的反應比一般人敏感的男人。換言之，我從她身上並沒有嗅出任何邪惡的意圖。

不，那是因為在車內，我已經感覺到自己瘋狂愛上她了。

計程車在一棟灰色建築物前停下來。

我們一起走進那棟建築物。

那是一棟公寓，由她當嚮導，帶我爬上陰暗的階梯，走到二樓的長廊。沿著長廊，所有的門倏地全開，裡面形形色色的男人臉孔朝我們窺視。我看見幾十雙炯炯發光的眼睛，在我身上停駐。

「去！做你們該做的事！」她大聲叱責。

同時間，男人們的臉孔消失，所有的門，像是裝有機關似的，突然霹哩啪啦關上了。

她轉身對我露出一個燦爛的笑容。

「這是蜜蜂的巢，那些工蜂剛才是在嫉妒你，很不可思議吧？」

「那妳不就是女王蜂，幼齒的女王蜂！」

（於是，兩人展開一連串的熱吻……）

◇ ◇ ◇

這裡恐怕真的是蜜蜂的巢。然而，對我而言，它卻像個美人窩。

我在她的房間，住了一個禮拜，在那期間，得知更多有關她的事情。

她名叫比利・莎姬，是紐約一帶有名的不良少女。令人訝異的是，她居然擁有無數的手下，個個都是孔武有力的彪形大漢。而這棟公寓，就是長期租給他們這些無賴漢住的地方。

但是，大部分的男人，並不是只為了想喝酒，才擁護她作首領。換句話說，其實比利擁有令人驚異的交際手腕。

憑她的本事隨時都可以弄得到酒來，不管多少瓶都沒問題。不過，這也不足為奇，因為她和走私集團的首領混得很熟，才能擁有源源不絕的供酒來源，她能在無數的底層階級中呼風喚雨，也是理所當然囉！在美國，誰要是能供應免費的飲酒，底層階級的人就會奉之為神明看待。

我在想，把我載來這兒的那位司機，八成也是因為想喝酒才甘願做她的手下。

「可是啊，在那群工蜂之中，也有人不是因為想喝酒，才願意做我的手下，那些人是為了想奉承我，才會為我做牛做馬的！」

雖然她這麼自豪地說著，但是事實擺在眼前，絕非瞎口胡說。這棟公寓裡，每天晚上前來拜訪的紳士不止十人。幾乎可以在地下室開個酒吧了。在地下室，以她為中心，那些紳士和無賴漢之間，展開怎樣的對峙場面便可想而知了。不過，這些和我所要說的故事一點關係也沒有。

然而，我最欣賞的，就是這些前來造訪的紳士們，都接受了波特萊爾精神的光榮洗禮。當然他們或許不知道誰是波特萊爾，但是他們長期對於享樂的追求，不知不覺就成了頹廢美學意識下的俘虜，這點絕對錯不了。

比利一一向我介紹這些紳士……記者葛利先生，身材高大，鬍鬚很濃，眼神炯炯如黑鷲，令人印象深刻；藥劑師柯爾曼先生，長得一副狗臉；律師韓泰森先生、還有同為律師的庫拜先生。這些人之中，唯一令我難忘的，則是醫學博士格雷先生。

當她向我介紹這位「格雷博士」時，真不敢相信世上竟會有長相如此凶殘的臉孔，我從他的眼神中感覺到有種不祥的惡意。

格雷的頭幾乎禿光了。因為他本身是整形醫師，所以常跟人說，像他這樣的禿頭，總有辦法治得好。

「他可不是吹牛的，我想他一定有辦法治好禿頭。不過，為什麼他的鬍子總是不刮乾淨呢？」

她向我做了以上的說明。接著，又說不光是禿頭能治得好，格雷博士目前也正在積極研究整形手術的方法。

「如果完成的話，人們對戀愛的看法會完全改觀！」比利好像非常信賴博士似地又補上一句。

同居了一個禮拜，比利的魅力深深根植我心底。
「比利，我已經不行了，我在等待著妳殺了我。」
「要殺你還早得很，我還想要教教你更多的情欲！」
比利是個大膽的女人。她用熱情的雙手擁抱著我，並且坦率地說出她的殺意。
「但是，比利，那些博士啊、畫家啊、律師們，難道不會嫉妒嗎？」
「咦，為什麼要嫉妒？」
「妳別裝了。那些傢伙，不都是等著被妳殺掉的工蜂嗎？」
比利不禁大笑。
「是啊，他們可嫉妒得很！不過，那些傢伙與我一點關係也沒有。我只在乎我們兩人享樂的時刻，沒必要想其它的事！」
「不，我只想被妳一個人占有！」
「別說那種蠢話了！」

不過，我終於發現一個很微妙的現象，那就是比利似乎漸漸對我產生了特殊的感情，這點我感覺到了。

「親愛的！我再也不是什麼女王蜂了。雖然有點不甘心，可是，我還是得承認，沒有你，我活不下去！」

聽到她這番告白，我心中無限感激。好像突然感覺自己提升到另一個境界，一瞬間，我在她的額頭、臉頰、鼻頭、眼皮、下巴以及嘴唇，彷彿花雨般落下無數的吻。

某天，我得到比利的許可，到街上散步。從陰暗骯髒的小巷子，漸漸來到車水馬龍的十字路口，看見一位世間少見，長得很可愛的女孩。

那名女孩，在街角兜售香菸，她的肌膚，簡直就像冷水洗滌過的白色花瓣。年紀差不多十七、八歲吧？鵝蛋臉，像黑水晶般清澈的眼睛，給人一種無比清新的感覺。

我向她買了一包維吉尼亞香菸，忍不住盯著她瞧，一臉呆滯的模樣。

「喏，先生，這是找你的零錢！」

聽到她的提醒，我才回過神。

「啊……」

我不由得叫了出來。

耳畔突然響起比利高亢的尖笑聲。我感到有點悲傷，清純的少女，如今令我汙濁的內心，為之暈眩不已。

「如果這名少女能夠救我出去，那麼即使立刻從比利那兒逃出來我也不會感到後悔！」

我邊幻想著，邊回到比利的住處。當我正要打開她的房門時，聽見屋內有人在說話。於是乎，一時之間把剛才看到那名少女的事完全拋諸腦後了。我的體內彷彿有熊熊的妒火燃燒。我側耳貼在門上仔細聆聽，很努力地想聽清楚房裡的人交談的內容。

「不可以！怎麼能做那種事？」那是比利的聲音。

這時候，另一個聲音又急促地響起。

「沒什麼不可以的。比利，好好考慮一下……好嗎？……然後，殺了那傢伙……那個日本仔……」

「不，我的臉沒什麼問題……不需要整形……倒是那個日本仔……我從未聞過男人身上有那麼好聞的味道……教人難以抗拒……就算你是博士……也不能把人當作實驗品吧？」

「看來妳和他關係匪淺……還耽溺著……他的床上技巧……妳這個笨女人！」

我聽得很清楚，那是格雷博士的聲音。

我小聲地敲著門。

「啊！你剛才去哪兒了？」

格雷博士看著我的臉笑著說道。

「我和比利正在討論調雞尾酒的方法呢！」

「別騙人了！博士剛才正想要殺掉你呢！親愛的。」

比利居然說出了實話！然後將頭埋在我胸前啜泣起來。

「真搞不懂妳在歇斯底里什麼？」

格雷博士彆扭地笑著，丟下這句話，逕自離開房間。

「比利，發生了什麼事？」

「沒什麼啦！只不過，我很困擾，剛才的話，你聽了可別生氣噢……」

「我不會生氣的，我想知道究竟是怎麼一回事？」我不安地說著。

比利告訴我，若我繼續待在這兒很危險，所以，拜託我暫時離開這兒，到附近租一個房間。

「我一定會每天去探望你的！」

「嗯，我說過了，要是那些傢伙敢壓迫妳，我會挺身而出替妳解圍！」

我感覺到自己額上浮現青筋，聲音聽起來很宏亮，不再顫抖了。

「不，不！快別這麼說！」

比利突然衝向我。我一時站不住腳，就一屁股倒在床上。然後，我看見剛才一直哭個不停的比利臉上，出現了花朵般燦爛的微笑……

◇ ◇ ◇

結果，我離開了比利的公寓，在四、五條街外，租下一個房間住。

隔天比利來到我的住處找我。

我一度很想見她，曾經去那棟公寓找過她一次。我永遠忘不掉那可怕的光景。不知為何，我來到比利的房間，卻沒見到她人，房間裡什麼也沒有，我悄悄往床旁邊的簾子望去，並且伸手觸碰房間裡的坐墊，感覺好像剛才有誰窩在這裡似的，坐墊上還留有暖和的溫度……

我不假思索，突然站起身，撥開那簾子一瞧，只見暗暗的燈光，照在床鋪上，忽然看見枕頭上，有個異樣的東西放在那兒。

看起來像是黑色外套的頭巾，我正懷疑那到底是什麼東西？伸手摸摸，還是搞不清楚究竟是何物？於是把那個東西拿起來，放在手上仔細一看……

「危險！」我把溜到嘴邊的叫聲又吞了回去。

那根本不是什麼頭巾，而是一張牛的頭皮。牛的臉和皮膚，就好像脫掉一層手套似地，好端端被扒了下來，上頭完全沒有任何損傷，也沒有破掉，皮膚上還沾著生血，可以說確實是從牛的身上活生生硬剝下來的皮。

我當時感覺一陣噁心，趕緊從那個房間逃了出來。

後來，我再見到比利時，不曉得為何心裡就產生了一種骯髒的感覺。難道她把牛的皮膚當成她的寵物在把玩？愈想愈覺得噁心，有這種怪癖好的女性，還真是世間少見啊！我一直以為我對她有興趣，但不知怎地，現在我的心情剛好相反。

老實說，我並沒有覺得那樣很不可思議。只是一想到比利，就覺得胃液翻攪，我有充分理由，做出如此的反應。從那時開始，我漸漸想和那名賣香菸的少女親近。

雖然一方面，仍舊對比利有著強烈的渴求，但另一方面，賣香菸的少女逐漸吸引著我。然而，想要追求全身麻痺的頹廢快感，又不能沒有比利的陪伴。因此，在我心底，對於追求純真的美麗，總感覺到有一絲絲不安。

南西——那位賣香菸的少女，彷彿可愛天使一般的對象。

當我在比利的床上，發現了醜惡的生牛皮之後，我整個人似乎被猛然敲醒，對比利產生反感，覺得愛上南西是理所當然的事。

故事很單純地進行著。總之，南西和我愈走愈近。她在比利沒來拜訪我的隔天，也來到我的住處。

「南西，救救我！」

某天夜裡，我在房裡迎接南西的到來，終於向她告白。

「你在說什麼啊？像你這麼有錢的人，到底為了什麼如此痛苦呢？」

南西睜著大大的眼睛，直盯著我的臉瞧。如此天真無邪！我感動得幾乎要陶醉了，不由得將她的肩膀拉過來，在她耳畔說起悄悄話。

「不是物質上的缺乏，妳知道嗎？南西，此刻教人痛苦的是，我的心已經墮落了，我想只有妳救得了我！」

「如果想要得到救贖，就會得救！好像曾經在哪部電影的字幕上看過這句話。」

南西微微抬起頭，一根細長的手指頂著唇邊，若有所思地喃喃自語。

我已經忍不住想要抱住她了！

「南西，我愛妳！」

意外地，南西也以肯定的語氣對我說。

「我也是，親愛的……」

我緊緊抱住她，於是接吻。

而我，也不是什麼好男人？我一定是受到了比利的影響，內心才會如此腐敗、墮落。

現在，擁有無數光明正大的理由，將她緊緊抱在懷中的我，把所有不安和憂慮全拋在腦後。不管我手上的女孩是天使？還是比利？已經沒什麼差別了，於是我把用在比利身上的那一套，也試著用在南西身上，那瞬間。

「不可以這樣！你不可以這樣！現在還不行！親愛的，請你尊重我，好嗎？」

南西發出叱責的聲音，接著從我懷中掙脫而出。

我的夢碎了，我回過神，像石像般僵立在原地。

「親愛的，請尊重我。你可知我是如此愛你，你怎能……」

南西於是放聲大哭。

「南西，請原諒我。我知道了，請懲罰我，我是屬於妳的。」

「我也是……屬於你的啊……」

這時候，門突然打開，原本今夜不會來訪的比利，帶著小小的一束花出現在我們面前。

「啊……」

南西嚇了一跳，整個人往後退了一步。用眼神向我示意，於是離開了房間。

「那女孩，該不會在橫町賣香菸的那個吧？」

比利邊目送她離去，邊以輕蔑的語氣說道。

「看來，還真是不能大意！」

「我已經受夠了！」我開口說話。

「什麼受夠了？」比利逼問我。

我沉默不語。我的腦海裡想的全是南西。「NO！NO！NO！不要！不要！現在還不行！」南西的聲音迴盪在我耳邊，令人戰慄的聲音，彷彿神聖的鐘聲不絕於耳。

「喂，親愛的，快醒醒！」

「比利，我今夜不想見到妳！」

我斬釘截鐵地說。

「今夜？嗯，今夜的意思就是永遠吧？你居然這麼說……我不甘心！」
比利幾乎要發狂了，她把手裡的花束用力地甩在我身上，頭也不回地奪門而出。

—◇—◇—◇—

翌日，我到十字路口迎接那名少女。但是，不知為何，等了一整天，都沒看見她的出現。我感到悲傷，同時很擔心她的狀況。隔天的情形也是一樣，她仍舊沒有出現。於是，又過了五天，依然不見她蹤影，日子就這樣一天天過去。

或許是因為知道不良少女比利和我的關係很親近，所以南西放棄我，再也不想和我見面，連平日販售的地點也改變了，所以始終不見她的人影。

但我相信，事情絕不是這樣的。如果真是如此，那麼她一定很看不起我吧！曾經愛過我的這個事實，如今必定成為她錐心的悔恨，成為她心中難以抹滅的傷痕吧！

一想到這裡，實在難掩我心中的悲痛！

我想她想得快發瘋了！現在才猛然想起，為什麼和她見了那麼多次面，卻從未問過她住在哪裡？陷入熱戀之中，反而極力想要忽略任何現實環境的因素，是我向來的習慣，如今卻變成我的咒詛，如果能知道她住在哪裡，我會立刻衝去她的住處，化解這些誤會，一定要讓她獲得真正的幸福！

奇怪的是，從那以後，比利也沒再來找過我。

第五天夜裡，有人敲我的房門。

轉身一看，門打開後，一名女子走了進來，竟然是南西！

「喔，南西！南西！」我不假思索地大叫，並且奔向她。

「南西，我好擔心妳！我以為妳要放棄我了，不過現在看到妳太好了，真的太棒了！」我緊緊抱住她。

「妳生病了嗎？」我問她。

「不是，因為伯母急病的緣故，這幾天回去故鄉一趟。不過，已經沒有大礙了，所以……我也好想見你啊！」

我和南西，臉頰緊緊貼在一起，兩人靜靜地落下淚來。

××、×××××××××××××××××。××××××××、

×××××××××××××××××××××××××。

××××××××××、×××××××××××××××××××××××。

╳╳╳╳╳╳╳╳╳╳╳、╳╳「╳╳╳╳╳╳╳╳╳╳╳╳╳」╳╳╳╳。

「╳╳╳╳╳╳╳╳！╳╳╳╳╳╳、╳╳╳╳╳╳╳╳╳╳」

╳╳╳╳╳╳╳╳╳╳╳╳╳╳╳╳╳╳╳╳╳╳╳╳╳╳╳╳╳╳╳╳。╳、╳╳╳╳、「╳╳╳╳！」[9]

一陣親密的熱吻後……突然，南西高聲大笑！

這時，我才發覺自己被打敗了。

「可惡的比利！」

我內心充滿憤怒。

突然想起，前兩天好像在報紙上看到，紐約的黑街有人發現無頭女屍。該不會就是南西的屍體吧？

猶記得比利曾說過，格雷博士的整形外科手術，是為了改變世人的戀愛觀。

又想起曾在比利床上發現了牛的臉皮。

這麼說來無頭美女……南西臉部的皮膚不就移植到比利的臉上了……

「沒想到妳真的是比利！」

「不，比利早已死了！」南西回答道。

「那麼，妳究竟是誰？」

「我？我是南西的幽靈！」

啊，我又被打敗了。

「請帶我回日本！」

比利……不，是南西的臉部皮膚貼在我的臉頰下方，冷冷顫抖地說著。

三木的故事就說到這裡結束，於是我偶然對著剛才進來時，那幅看不太懂的詭異油畫又瞧了一眼。突然，那幅畫好像動了一下，同時，我清楚地看見畫中真實的模樣，終於了解，原來那是一張女人的臉，而且是被剝除掉臉皮後，露出皮下肌肉的血紅臉龐。

「原來如此。」我回頭瞄了三木一眼。

「你終於明白了！」三木也回以微笑。

這時候，門靜悄悄地打開。

「這位是我太太。」三木向我介紹。

只見一位美國婦人，拿著水果盤站在那兒。蒼白的皮膚，擁有黑水晶般澄澈的眼睛……那是南西的幽靈啊！

1 橫光利一：一八九八～一九四七，日本小說家，生於福島縣北會津郡（現會津若松市），在三重縣度過童年。

2 川端康成：一八九九～一九七二，新感覺派作家。一九六八年時，成為首位日本諾貝爾文學獎得主，同時也是第三位獲得諾貝爾文學獎的亞洲作家。

3 中河與一：一八九七～一九九四，日本小說家，生於香川縣，筆名中河哀秋。

4 新感覺派為二十世紀初在日本文壇興起的一個文學流派，為日本最早出現的現代主義文學。該學派主張文學以主觀感覺為中心，否定客觀，以「新的感覺」表現自我。

5 愛倫坡：一八〇九～一八四九，美國作家、詩人、編輯與文學評論家，其懸疑及驚悚小說最負盛名。

6 波特萊爾：一八二一～一八六七，法國詩人、象徵派詩歌先驅、現代派之奠基者、散文詩的鼻祖。

7 王爾德：一八五四～一九〇〇，愛爾蘭作家、詩人、劇作家，英國唯美主義藝術運動的倡導者。

8 拉斐爾：一四八三～一五二〇，義大利畫家、建築師。與達文西和米開朗基羅合稱「文藝復興藝術三傑」。

9 本文中有許多╳╳╳╳╳隱藏看不見的字，很可能是當時的編輯為了躲避內務省的檢查，因此讀完原稿後將其隱藏。又或者可能是作者特意將一些故事的段落敘述隱藏起來，以製造懸疑的效果。作者的另一個短篇作品──〈蟲〉，當中一半以上的內容也同樣使用了╳╳的方式來表現。

生きている腸

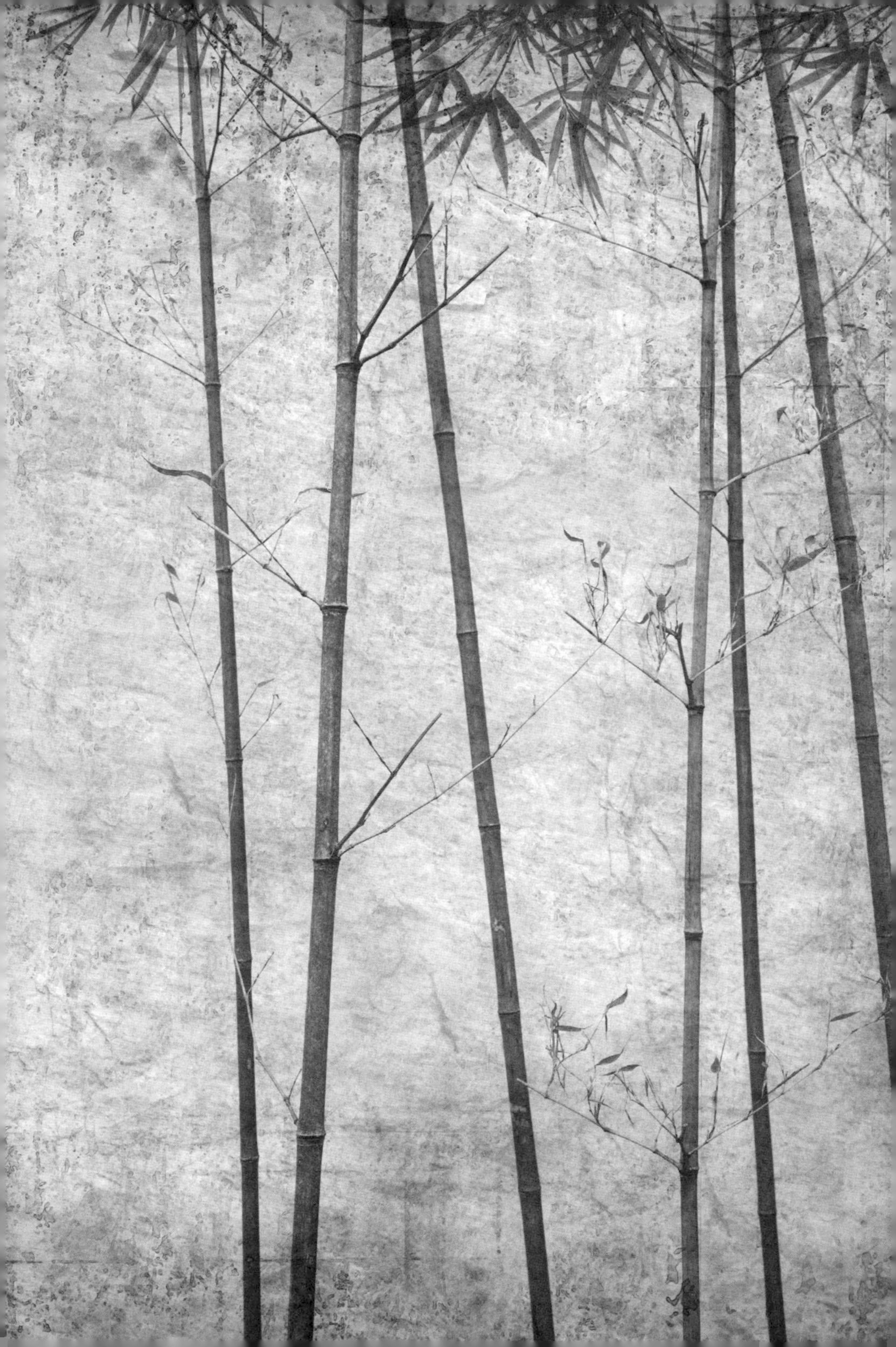

活著的腸子

一九三八年十一月

發表於《週刊朝日增刊號》

海野十三

明治三十年（一八九七年）生於德島市。本名佐野昌一。早稻田大學理工學部畢業後，即於電信局電氣試驗所從事無線電之研究。曾於科學雜誌發表科學相關記事、散文或ＳＦ短篇小說。經延原謙[1]的介紹，與《新青年》總編輯橫溝正史[2]結識，昭和三年（一九二八年）首篇偵探小說〈電澡盆的意外死亡事件〉發表於該雜誌。而後又相繼發表了〈振動魔〉、〈人間灰〉、〈絕佳效果〉、〈紅外線之男〉、〈俘囚〉等。長篇小說則有〈深夜的市長〉、〈蠅男〉等。其作品以幻想型的科學偵探小說為主，其中〈漂浮的飛行島〉深受青少年讀者喜愛，而後更被稱為日本科幻小說（ＳＦ）之父。戰時發表多篇軍事或間諜小說，但依舊帶有濃厚的科學色彩。戰後則以青少年喜好的ＳＦ為主軸，持續連載於眾多雜誌。昭和二十四年（一九四九年）辭世。曾於《專業偵探》雜誌中發表〈棺木的新娘〉等作品，亦發表多篇散文或評論，在〈偵探小說筆記〉、〈不要讓偵探小說消失了〉、〈偵探小說居於下風〉等可見作者對於偵探小說所抱持的觀點。

奇異的醫科生

醫科生吹矢隆二，那天也是一大早就一直想著腸子的事情。

時鐘一走到下午三點鐘，他就出門了。他所住的地方位於高架橋拱下，是棟只有外表像房子、十分古怪的住宅。

住在那棟古怪房子裡的人物，名叫吹矢隆二，同樣也是一位十分古怪的醫科生，明明不是助教，卻已經在大學醫學系就讀了七年之久，可謂日本獨一無二的長期延畢生。會造成那種結果，也是因為學科制的考試中，他只挑喜歡的科目參加，將「絕不貪得無厭」當成座右銘。因此入學以來已經七年了，卻還有五科不及格。

他幾乎不到學校，多半都待在那個位於噪音正中央的古怪住處裡過著安靜的日子。迄今採訪過他家的人，大概還不到三位吧！一位是房東，另一位是他正想打電話過去一起討論腸子一事的人物——也就是熊本博士。

吹矢隆二一臉鐵青，頂著如獅子鬃毛般的亂髮，在極度瘦弱的身軀上，套上磨損得光光滑滑、附有金鈕釦的黑色制服，接著他就這樣走向了站前的公共電話亭。

他打電話到收容了兩千七百名男犯人的○○監獄附屬醫院。這裡不能有女護士，所有的看護都是同性。讓男犯人看到女子不甚妥當，早已是公認的事實。

「喂，這裡是○○監獄醫院。」

「啊啊，○○監獄醫院。……嗯，給我叫熊本博士過來。……我嗎？告訴他我是豬俣。」

他不知道為什麼要使用假名，語氣傲慢無理，嚇壞了電話線那頭的總機小姐。

「啊啊熊本老弟嗎？我是……不用說你也知道！今天沒問題吧！不會出錯囉！真的將腸子準備好了吧！南邊的第三個窗戶。如果出什麼差錯的話，我可有自己的想法。恐怕會讓你丟掉工作，接下來還會沒飯吃咧……沒有，我不是在威脅你。你只要經常回答『是的是的』，聽我的吩咐就行了。我會去，一定。晚上十一點噢！」

於是，他也不管誰在線上就粗魯地掛斷電話。

說起熊本博士，是個美好人格深受世人謳歌的監獄醫院外科主任。家裡有一位美如櫥窗模特兒般的妻子，還有為數不少的儲蓄，是個集美滿幸福於一身的醫生。

然而不知何故，吹矢有不分青紅皂白便將博士教訓一頓的壞習慣。就吹矢的形容，熊本博士根本就是個臭不可當的冒牌貨，是有必要代天行道狠狠折磨之的假道學。

吹矢就像這樣子，時常貶低熊本博士。但由另一方面來看，他百分之百無疑是在利用學歷高自己數十步的前輩。明明受到博士不少恩惠，吹矢卻經常將博士當成奴隸使喚。

「你已經備妥腸子了吧！」

剛才，吹矢打了那樣的一通電話，由此看來，他似乎再度用威嚇的手段耍弄熊本博士。不過，所謂的「備妥腸子」到底是什麼意思？他現在，到底在圖謀什麼，又在打什麼主意呢？

不到今晚十一點，答案是不會出現的。

第三號窗戶

已經是晚上十點五十八分了。一個大學生的身體，砰噹地撞上○○監獄醫院的小鐵門。

「幹嘛那麼早關門啊？」

他發了句牢騷推開鐵門。

鐵門輕而易舉地開啟了。因為沒有上鎖，僅以鐵門下面的水泥塊作為門擋，稍微扣住而已。

「唉呀……」

守衛急忙點頭行禮。雖然不明就裡，不過對方既然是能直呼熊本博士名諱的醫科生，儘管其相貌粗俗鄙陋，大概也是熊本博士的親戚之類的人吧，在善意的理解下，這位守衛連帶著也經常對吹矢行以最敬禮。

呼呼地哼著鼻子，服裝簡陋又頂著雜亂獅子頭的醫科生吹矢隆二，經過守衛面前走向醫院烏漆抹黑的樹叢。

吹矢急急忙忙加快腳步，像隻貓頭鷹般熟練地穿行黑漆漆的庭院。

（從南邊數過來的第三個窗戶吧！）

他毫不畏懼，挨近窗戶下。在這裡絆到了類似橘子箱之類的東西。這也是熊本博士準備的吧！他想，將它當成踏板使用，然後使勁頂起沉重的窗戶。

玻璃窗很容易就朝上頂開了。重諾言的熊本博士，已經在支撐窗戶的滑輪軸心加過油了，所以才會這麼輕易抬起來。因此醫科生吹矢，立刻從眼前的桌上，一把抓起一支非常長、將近一公尺的玻璃管。

「呵呵，放在裡面囉！」

醫科生吹矢，將那個沉甸甸的玻璃管放在牆前透過路燈的光線觀賞著。

玻璃管裡面，清澄的液體注滿到玻璃管口，其中浸泡著既非灰色也非淡紫色、顏色相當微妙的黏糊物體。

「嗯，夢寐以求的東西，終於到手了，這傢伙真的太棒了。」

吹矢滿意地微笑，將玻璃窗回復原狀。然後將偷來的玻璃管像手杖一樣抓在右手，退回地面。

「唉，在夜裡的庭院散步真不錯。」

經過守衛面前時，他迥異於之前的表現打了聲招呼。
想必那一夜的贓物，令他大感歡心。
「哇啊，感激之至。」
守衛全身僵直，真的是感激之至地回禮。
走出大門，吹矢將粗大的玻璃管扛在肩上，踩著木屐，咚咚地往前走。大概耗費了三個小時，好不容易才回到家。
街道就像玩累了癱倒不起似地，閑靜無聲。
吹矢沒有被任何人發現，迅速地進了家門。他打開電燈。
「嗯，很棒。非常出色的腸子。」
他，舉起玻璃管透過燈光端詳，再三讚嘆。
在稍微透青的液體中，他所謂的「腸」之物，正緩緩地下沉。
「啊，還活著。」
淡紫色的腸，仔細一瞧，正軟綿綿地蠕動著。在林格氏液[3]之中，蠢蠢蠕動著。
活著的腸子！
醫科生吹矢，費時一年，熱切地向熊本博士索討的，其實就是這個活著的腸子。就算其他的事情有求必應，唯獨這活著的腸子，熊本博士遲遲不肯點頭。

「怎麼樣，博士。你那地方，不是有兩千七百位男犯人嗎？其中不也有被判死刑的傢伙，得到盲腸炎，還有橫死的傢伙嗎？在那之中，不可能沒辦法弄來僅僅百來公分的腸子吧！唉呀，如果你不聽我的話，執行上次說的那件事也沒關係囉？不想的話，就早點聽從我的吩咐！」諸如此類恐嚇博士，此時，經過一年，他終於將期待已久的活著的腸子弄到手了。

他為什麼，想要將那種噁心的、活著的腸子弄到手呢？那是為了滿足他的收藏癖好嗎？

不是！

林格氏液內的生態

活著的腸子——之類的東西，在文獻裡，並非是那麼珍奇的玩意兒。放眼所見生理學教科書，存活在林格氏液中的土撥鼠腸、兔腸、犬腸、還有人類的腸等等記載繁多。

作為標本而存活的腸子並非奇珍異寶。醫科生吹矢此刻私自讚揚的，是這段寬度超群且遠比手杖還長的大腸，在百來公分裝有林格氏液的粗大玻璃管中，大腸依舊活潑地不停蠕動。

這麼了不起的玩意兒恐怕在世界各地都找不到吧！我的熊本博士真的是太了不起了，吹矢對著玻璃管恭恭敬敬地行禮致意。

他將活著的腸子，裝飾在房間中央。從天花板垂下繩子，綑綁在玻璃管的管口。散發出霉味的醫學書籍堆得像山一樣，還有莫名其妙生鏽的手術用具、醫療器材之類的東西，吹矢的房間塞得滿滿的，原本便呈現出奇奇怪怪的景象，如今迎此稀客「活著的腸子」，詭異的裝飾可說是終趨完備。

吹矢將高腳的三腳椅拿到從天花板垂吊下來的玻璃管前。

發軟、發軟、發軟。

顫動、顫動、顫動。

一看，腸竟擁有那種人臉無法展現的複雜表情，正彎曲扭動著。

「真是個怪東西。不過，像這樣端詳著這傢伙，就覺得它是比人類還要高等的生物。」

醫科生吹矢，忽然提出超越邏輯學的卓越見解。

往後，醫科生吹矢想著自己會不會也能變成活著的腸子，就像尊石像似地盤踞在玻璃管前面，不管何時都不肯將視線移開。

用餐也是，說來不雅，就連排泄也被他縮減至最低的程度。

即便只有一、兩分鐘，他也不想從活著的腸子面前離開。

那樣的狀態，持續了三天。到了最後。

他被連日來的緊張生活給累壞了，不知不覺在三腳椅上睡著，然後被自己的鼾聲赫然嚇醒。室內一片漆黑。

不祥的預感衝擊著吹矢。他立刻從椅子上跳下來，扭開電燈的開關。他想重要的是活著的腸子，該不會被偷走了吧！

「呼……太好了。」

放入腸子的玻璃管，依舊垂吊在天花板上。

然而，他很快地就揚起悲鳴般的叫聲。

「啊，糟糕！腸子不動了。」

他發出噗通巨響，一屁股跌坐在地。他彷彿發瘋似地耙抓頭髮，宛若漆黑暴風雨般絕望！

「等、等會兒……」

他的臉自動脹紅，站了起來。用手拿起滴管。然後爬上三腳椅。

他用滴管將玻璃管裡清澄的液體全部吸光。然後將它流放到排水口。接下來，從藥品架拿下貼有一萬倍膽鹼液[4]的某個瓶子，將空的滴管伸進其中。

液體從下而上被吸取。

他再度敏捷地跳上三腳椅，然後將注滿膽鹼液的滴管輕移至玻璃管內。

液體安靜地融入林格氏液。

他一直盯著玻璃管內部的眼睛相當嚇人。但，沒多久他的嘴邊，浮現了微笑。

「開始動了。」

腸子再一次咕嚕咕嚕地蠕動。

「居然忘記膽鹼，我也真是的。」

他像個少女般不好意思地站起來，深深嘆了一口氣。

「腸還活著。但是，不趕快著手訓練的話，說不定中途就死掉了。」

他將襯衫捲至手腕，套上手術衣。

他就像換了個人似地活躍。

「來，訓練了。」

要訓練什麼呢？他在房間裡走來走去，將軟管、清淨器、架子等等各式各樣的東西全抱在懷中。

「接下來，我一定會以醫學史上首創的大實驗，揚起凱旋高歌。」

他嘀嘀咕咕自言自語，又收集了蒸餾瓶、金屬網、本生燈[5]之類的東西。

不久，他站在收集來的器具正中央，好比戲台的道具人員俐落地裝配組合。眼看玻璃、金屬零件和承裝液體的容器被整合成相當大的規模。那個配置看樣子是以裝著腸子的玻璃管為中心。

打開電力開關，信號燈由青轉紅。房間一隅環繞著幫浦馬達嘟嘟嘟的低音。醫科生吹矢隆二的眼睛益發透出陰森恐怖的光芒。

他到底要開始做什麼？

電流也通了，本生燈也冒出淡綠色的火焰。
放置活著的腸子的玻璃管裡面還插著兩根細玻璃管。
其中一根，噗嘟噗嘟地冒出小泡泡。
吹矢隆二將類似大型畫板的東西打結掛在脖子上，然後一邊注視鉛筆前端，一邊輪流在電流計、比重計、溫度計等等器材前面來來去去，用彩色鉛筆在脖子上的方眼紙上畫出記號。
紅、青、綠、紫、黑的曲線一點一點在方眼紙上延伸開來。即便是那麼做的時候，他仍不忘在玻璃管前略微偏著頭，以熱切的眼神，凝視持續蠕動的腸子。
吹矢一如文字所描寫的廢寢忘食，繼續這個需要忍耐力的實驗。
今早六點，還有傍晚六點，以這兩個時刻為區分點觀察腸子的狀況，樣子確實一點一點地改變了。
接著又過了十二個鐘頭，可以看出狀態又發生某些變化。
隨著實驗的進展，林格氏液的溫度逐漸上升，之後林格氏液的濃度又漸漸降低。到了實驗第四天，安置腸子的玻璃管內，溶液幾乎全變成了水。
實驗第六天，已經看不見玻璃管內的液體，取而代之的是淡紅色的瓦斯彷彿雲一般朦朧地飄動著。

活著的腸子好像不知道溶液已經消失的樣子，在玻璃管中持續一抽一抽地蠕動著。

醫科生吹矢的臉彷彿藝者的彩繪花臉般，掛著僵硬的笑容。

「哇呼、哇呼……活在瓦斯裡面的腸子！啊！多麼了不起的實驗啊！」

他接二連三準備新的裝置，撤掉舊的裝備。

實驗到了第八天，玻璃管中的瓦斯，變成無色透明。

實驗第九天，本生燈的火焰消失了。咕嘟咕嘟冒泡的瓦斯停下來了。

實驗第十天，連幫浦的聲音都嘎然停止。實驗室裡面，就像廢墟般鴉雀無聲。

那剛好是凌晨三點鐘的事情。

之後的二十四小時，他以慎重的態度將腸子就地放置。

經過二十四小時，在翌日的午夜三點鐘。吹矢膽戰心驚地將臉湊近玻璃管旁。

玻璃管內的腸子如今在常溫常濕的大氣中，也能一抽一抽地活潑蠕動。

醫科生吹矢隆二根據他發明的獨特訓練法，終於完成了世界上所有醫學學者尚未著手的，讓腸子在大氣中存活的實驗。

同居生活

醫科生吹矢和活著的腸子在眼前的桌子上，學會了如何嬉戲。

活著的腸子出乎意料地，甚至能出現彷若感情的反應。

吹矢拿起了滴管，將些許糖水送進活著的腸子的口部，腸子立刻活潑蠕動。沒多久，腸子的一部分會從桌面朝向他踮起來，像是在要求「再多給一點糖水」似地訴說著。

「啊哈，還想要多一點糖水嗎？給你啦！給你啦！但只有一點點喔！」說罷，吹矢再度給活著的腸子一滴糖水。

（多麼高等的動物啊！）

吹矢悄悄咋舌。

就這樣，儘管他訓練出來的活著的腸子就在眼前玩耍，他偶爾仍會覺得彷彿是在作夢一樣。

從以前開始，吹矢即抱著一個異想式的理論。

如果單片腸子在林格氏液中也能生存的話，就算沒有林格氏液，應該也能在別種營養媒介中存活。

重點是，林格氏液所賦予活著的腸子的生存條件，倘若其他營養媒介也能提供同樣的東西就沒問題了。

再者，他認為如果人類的腸子有生命的話，應該會具有神經，而且能發展出適應環境變化的體質，只要能給予活著的腸子適當的營養，讓腸子在大氣中存活也不是不可能的……但這都是紙上談兵發展而來的。

出自那樣的基本觀念，他反覆地詳細研究。結果，約在一年前開始出現令人驕傲的結果。他的實驗，終於大成功收場了。不過，卻是來自讓人寧可稱之為意外的簡單勞動……

過去的實驗學者曾說，比起苦苦思索，不如先下手為強。的確沒錯！

不過，吹矢在思索中所想到、乍見之下荒唐無稽的「活著的腸子」，正在眼前的桌子上，滑溜溜地活蹦亂跳，一想到這兒他就覺得好像還在作夢一樣。

不過，還有另一件非得大書特書不可的事情，像這樣藉他之手養育在大氣中的腸子，做出了之前他從沒預期過的、對許多事物都有興趣的反應。

例如，前面也描述過了，這個活著的腸子會做出想要多一點糖水的反應等等，可說是完全超出預期。

不只那樣。和腸玩耍的時候，他甚至激動地發現這個活著的腸子竟會出現各種反應。以細長的白金棒子前端抵住腸子，然後再那將根白金棒子，通上六百兆赫的振動電流，那個活著的腸子便立刻滑溜滑溜地吐出黏液。

接著還有，吹矢將活著的腸子的部分腸壁，用音叉製造出振動數正確的聲音，以某種順序抵住，不久即發現腸壁的一部分變得對聲音極度敏感。首先，那裡似乎產生了人類鼓膜般的能力。沒多久他相信，應該也能夠和活著的腸子對話吧！

活著的腸子因存活於大氣中，表面愈來愈乾燥，而且類似表皮的東西，脫落了好幾次。到了最後，活著的腸子的外表大致而言，幾乎就像被略微褪色的嘴唇皮膚包裹而成。

活著的腸子誕生後的第五十天左右——所謂的誕生，是指這個腸子能夠在大氣中存活的那一天。這個新生物，已成長到能夠在醫科生吹矢隆二的房內，或是在桌上，或是在書上，自由自在地散步。

「喂！腸兒，我將糖水放在這裡噢！」

所謂的腸兒，是對活著的腸子的暱稱。

那麼說的吹矢，用手在盛滿糖水的煙灰缸處發出聲響，腸兒好像很高興似地，將背

（？）拱得像山一樣。然後當腸兒的食慾一起，該生物遂慢吞吞地爬向菸灰缸，發出噗啾噗啾的聲音飲用糖水。那個模樣，光看就令人覺得恐怖。

於是醫科生吹矢隆二，暫且讓活著的腸兒的生育實驗告一段落，為了將它寫成大論文，正思考著如何讓全世界的醫學學者跌破眼鏡。

某一天……適逢腸兒誕生後的第一百二十日。他終於決定要在隔天開始動筆書寫論文，心想著在那之前先外出一下。

不知不覺間，秋意已濃，在外頭，洋梧桐的枯葉伴隨風勢捲過人行道。天氣逐漸變冷了，他一個人倒也罷了，但今年冬天必須和腸兒一起度過，他想在街上找找看有沒有電暖爐之類適用的東西。

還有，買來堆放的罐頭也已經吃完，那個也要補貨。為了腸兒，就幫它找來各式各樣的湯汁吧！

吹矢在這一百幾十天來，從未踏到屋外一步。

「我稍微出去一下，糖水在角落的桌上。」

吹矢突然很想念外頭，草草提醒腸兒吃飯的事情，在入口鎖上鎖頭，衝進了大街。

誤算

醫科生吹矢，不知不覺在外頭玩了七天。

從住處踏出屋外之後，迎接他的是依舊美妙的歡喜和安慰。他的本能奔馳過背脊像洪水般狂洩而出。他順從本能，夜以繼日，悠遊在鬧街之中。然後到了第七天，才有點回神。

他有點在意腸兒的進食問題。算算日子，那些糖水差不多該見底了。

「唉呀，只不過是一天，應該沒關係。」

那麼想的吹矢繼續遊玩。

那一天傍晚，他不知想到什麼，來到〇〇監獄醫院，造訪熊本博士。會客室裡面，吹矢變得富有人情味的坐姿，讓博士看了嚇一大跳。

「上次那件事，怎麼樣了？」

博士悄悄詢問。

「啊啊，活著的腸子嗎？總有一天會發表的，咿嘻嘻嘻～」

「它存活了多久？」

「啊哈，總有一天會發表的。可是，熊本老弟，腸子這種東西是會表達感情的。怎麼說呢，像是對我示愛之類吧！真的噢！完全意想不到。對了，說吧！那是哪個犯人的腸子？」

「……」博士沒有回答。

如果是平日的吹矢，一旦博士沒有回答，便會不容分說地大聲斥責，唯獨那天他心情似乎很好，僅是摸著下巴呵呵笑著。

「還有啊，熊本老弟。可以幫我收集賀爾蒙的資料嗎？說到賀爾蒙，醫院裡面那個美麗的接線生最近如何？已經二十四歲，那個單身又努力的女孩子。」

吹矢浮現出異常下流的笑容窺探熊本博士的臉。

「啊，那女孩嗎……」

博士突然變了臉色。

「那女孩的話，已經死掉了呦，是盲腸炎，很久以前的事了。」

「什麼嘛，死了啊！既然死了，也就沒辦法了。」

吹矢陡然發出興致全失的聲音。之後說了句我會再來的話，就急忙走出會客室。

該夜的凌晨一點。

醫科生吹矢隆二，終於在第八天，回到自己的住處。

他不好意思地將鑰匙插進入口的鎖孔。

（玩得有點過火了吧！活著的腸子……對了好像幫它取名為腸兒。腸兒不知道是否還活著。死了也沒關係啦！總之，讓舉世醫學學者跌破眼鏡的論文資料，已經蒐集得十分充足了。）

他抽離入口的鑰匙，打開門走進裡面。

刺鼻的霉味撲鼻。而且，總覺得有種類似女人體味的東西混在裡面。

（奇怪了。）

室內一片漆黑。

他用手摸索著，打開牆壁上燈的開關。

燈啪地亮了起來。

不適應強光的他瞇起眼睛，環顧屋內。

腸兒不在桌子上。

（唉呀，腸兒死了嗎？還是從縫隙逃到馬路上了。）

他想，忽而注意到，視線飄向出門時為腸兒所盛放糖水的玻璃缽。

玻璃缽裡面，還剩下一半的糖水。他揚起訝異的聲音。

「咦，我還以為到現在糖水已完全空了……腸兒那傢伙是怎麼回事？」

那是剎那間發生的事。

吹矢眼前，有某種類似白色手杖的物體揚起微妙的呻吟聲咻地飛奔來。

「啊！」

才想沒多久，那東西便纏繞住吹矢的頸部。

「嗚阿……」

吹矢的頸部，被一股猛烈的力道，緊緊勒住。他抓向空中在原地噗通倒下。

醫科生吹矢的屍體被人發現的時候，是在那之後半年的事情。

房東前來催繳按年繳納的房租時，這才發現他的屍首已經化成白骨。

沒有人知道吹矢的死因，以及關於他所留下來的「活著的腸子」的偉大實驗，也沒有任何人知道。

「活著的腸子」的實驗，全部化為烏有。

只有一個人，熊本博士偶爾會想起通融給吹矢的「活著的腸子」。

其實那段腸子不屬於任何囚犯。
那是在〇〇監獄醫院工作的二十四歲處女接線生的東西。
她因盲腸炎而亡故，當時幫她執刀的便是熊本博士，之後應該不用說明了吧！
從處女腹腔切出來的「活著的腸子」，捲住醫科生吹矢的脖子，將他勒死一事，連因他的死而竊喜不已的熊本博士也不知道。
遑論「活著的腸子」腸兒隨著和吹矢同居一百二十天，已經對他產生濃濃的愛意，然後在第八天聽到他返家時的聲音，因為太高興而跳上吹矢的脖子，卻不幸將他勒斃的來龍去脈等等，應該連想都沒想過吧！
正因吹矢隆二沒料到那個「活著的腸子」，竟是那種女性的腸子，所以才會做出如此遺憾的事情。

1 延原謙：一八九二～一九七七，編輯、譯者，日本岡山縣人，早稻田大學理工學部畢業。

2 橫溝正史：一九〇二～一九八一，小說家、推理作家，生於日本兵庫縣神戶市，代表作是以金田一耕助為主角的一系列小說。

3 林格氏液為一種等張靜脈注射液。常用來治療外傷、手術、燒傷等造成的失血和對腎衰竭病人促進造尿。

4 膽鹼液為維生素B之一，是一種人類的必需營養素，它是構成細胞膜的重要成分，也是人體合成甘胺酸的原料之一，亦廣泛存在於各種食物中。

5 本生燈是科學實驗室常用的工具之一，用於加熱、殺菌和燃燒。

1:2 F=5CM

魔像

腐爛的美麗

一九三六年五月

發表於《偵探文學》

蘭郁二郎

本名遠藤敏夫，別名林田葩子，大正二年（一九一三年）生於東京。昭和六年（一九三一年）在《偵探趣味》裡發表了處女作〈停止呼吸的男人〉。後與同好共同發行《偵探文學》雜誌。二次大戰時，擔任報導班員遠赴南方前線，昭和十九年（一九四四年）因飛機事故身亡。享年三十一歲。

蘭郁二郎為日本早期科幻小說（ＳＦ）作家，其作多以人體零件或生理現象為題材，創作出各種異想天開的故事，並受到前輩作家海野十三的青睞，然而不同於海野氏混合了本格推理[1]與科幻的風格，蘭郁二郎對於本格派擅長的解謎手法似乎不感興趣。本篇故事充滿異色奇想，獨樹一格，令人印象深刻。

今天一大早，寺田洵吉又開始忙碌尋找工作了，雖然到處碰釘子，對他來說倒是已經習以為常，不過他還是願意不斷嘗試下去。就在他漫無目的在街上閒晃的時候，不知不覺來到了淺草公園。

這是寺田每天的「例行公事」。自從離鄉背井以來，他不願再回鄉下過著愚蠢的生活。關於未來，他想了很多，後來決定投靠在東京唯一的叔父，便離家來到這裡，然而叔父的經濟狀況也不是很寬裕，無法讓他在家裡遊手好閒，供他白吃白住，因此他每天都要出去找工作。

寺田打算在公園裡稍作休息之後再出發，他習慣走到公園水池附近一座爬滿藤蔓的棚子底下乘涼。

這時候不曉得從哪兒傳來類似瓦斯漏氣的聲音，他呆坐在那裡，聽著令人不安的聲響，附近各個常設展覽館的繽紛宣傳旗幟，宛如五彩的暴風雨般歇斯底里地狂亂吹著，寺田直盯它們瞧。

（他還是個了不起的傢伙……）

寺田喃喃自語，忽然想起兩、三天前，在這附近偶遇中學時代的同學水木。

同時他又想到。

（如果去水木那兒，說不定可以請他幫忙介紹工作）

接著他開始怨自己當時怎麼沒想到可以請水木幫忙，寺田一邊覺得懊惱，一邊在身上唯一的西裝口袋裡反覆尋找水木留給他的名片。

會遇到他完全是偶然，而且相對於水木似乎很有錢的樣子，自己窘迫的生活好像會被人看透似的，因此他當時一拿到水木的名片連看都不看，就趕緊塞進自己的口袋裡了。

（有空請到我家玩……）

水木的聲音從他背後傳來，寺田近乎逃亡似地趕緊與水木道別，不想讓他看到自己一臉狼狽的模樣……

幸好沒將他的名片弄丟，雖然弄皺了，至少還是從口袋底部將它找了出來。

他喘著氣，將皺巴巴的名片攤平。這是一張用細明體印刷而成的精緻名片，上頭寫著：**「水木舜一郎。東京都杉並區荻窪 2-400」**，地址位在東京的新開發區域。

寺田再次讀了名片上的地址，立刻決定離開那座爬滿藤蔓的棚子，穿過六區，趕搭通勤電車。再轉乘幾次電車之後，終於到了荻窪，時間已接近薄暮，天色也暗下來了。

從車站沿途問路，進入更深的地方，渡過小河，穿過一排商店街，終於來到所謂的新開發市區，好像沒什麼人住在這裡，感覺很荒涼。

寺田洵吉突然想起家鄉荒廢的田地，在太陽逐漸朝西墜落之時，他拖著長長的影子，認錯了好幾次路，才好不容易發現「水木舜一郎」的門牌，儘管外面的空氣冷冷冰冰的，他的體內卻感覺異常暖和。

他環視四周，看到水木家北側屋簷下的大片玻璃牆，躊躇了好幾次才推開玄關的門，試著詢問有沒有人在家。但是，沒有人在家嗎？為何家裡靜悄悄的，根本沒有人回應。

過了一會兒，寺田索性脫了鞋子赤腳走進屋內，他一邊緩緩移動冰冷的腳，一邊試著鼓足力氣再喊一遍「有沒有人在家？」然後側耳傾聽，好像有個聲音從遠方傳來：「是誰……」

他似乎聽見有人回應，隨即提高了音量：

「是我啊！寺田、是寺田洵吉……」

「啊，寺田君嗎？你來得正好。我現在手上正忙著，抽不開身，可否請你先上來……」

回應他的聲音，雖然聽起來很遙遠，不過，那的確是水木的聲音。

寺田一方面對自己用一雙髒兮兮的腳在別人家裡踩來踏去，還大聲嚷嚷的感到不好意思，一方面卻已悄悄推開房間的門，窺伺裡面的動靜。

（哇喔！）

寺田不知看到了什麼，突然一瞬間，倒抽了一口氣，心臟狂跳不已，好像要壓迫到喉頭似的，到底他看見了什麼？

正面的牆壁上，有個直徑長達約莫一呎的巨大眼珠，精神飽滿地盯著人看，猶如洞穴一般，從眼裡射出令人遍體生寒的視線，嚇得他全身上下直打哆嗦。

眼白布滿如蜘蛛網般的血絲，上方還有如火把般林立的睫毛，另外在那眼珠的正中央，空虛的黑瞳之中，還映照著讓人捉摸不定可怕的影子……

洵吉完全無法直視那個巨大的眼珠。

那個危險的眼珠從牆面掉到地板上，他喘了一口氣之後，立刻又發現牆壁上有一截巨大的腿，當場嚇得魂不附體，大約比普通的腿還大上四、五倍，毛茸茸的一截腿從天花板垂下來，四周安安靜靜的，一點風也沒有，然而腿上的毛，好像被風吹亂了似的，糾結在一起。

接下來，他又看到只有手臂、只有腹部，或是只有耳朵、只有乳房，好像從巨人身上，分別切下的各個人體部位，飄浮在幽暗的空間裡，無聲無息地蠕動……

那些人體部位的蠕動似乎比剛才更加劇烈，而且像是要穿過黑暗的房間似的，朝洵吉的周圍游過來。

他嚇得全身癱軟無力，好不容易才把房間的門推開。

那時候，若不是聽到隔壁傳來水木的聲音：

「我馬上就好了。請等我一下……」

寺田很可能會嚇得落荒而逃，水木家簡直就像鬼屋……但換個方向想，也許當時寺田如果嚇得奪門而出，或許對他而言反而是一件幸福的事……誰會知道後來的發展竟是如此出人意料？

這時候，從隔壁的房間又傳來水木的聲音：

「房間裡很暗喔！電源開關在門附近，你找找看，幫我開個燈好嗎？」

但是寺田聽到了聲音，卻沒有立即回應，而是用他不停顫抖的手，慌張地摸索牆壁四周，好不容易找到了電源開關，用力地按下去。

只聽見啪一聲，房間終於大放光明，就在他眨動眼睛的瞬間，原本飄浮在空中的巨大手掌、腳掌以及嘴唇，都緊貼在壁上，各自慢慢吸進掛在牆上的照片裡，洵吉假裝剛才不曾發生過任何事情，周圍一切也恢復了正常。

（這是什麼鬼照片啊？）

寺田洵吉心想，這大概又是水木熱中的怪興趣的照片吧？這才鬆了一口氣，但因剛才受了刺激，仍呆立在房間的入口處，心臟還在噗通噗通跳個不停，感覺頭暈暈的，還有一點點耳鳴現象。

就在等待的時間裡，他想起中學時代的水木舜一郎的往事。

就洵吉記憶所及，從那時候開始「水木」就和「攝影」分不開了。

水木家境不錯，因此雖是鄉下的中學生，也能擁有屬於自己的照相機。

剛開始光是拍攝班上的同學就能滿足的他，逐漸轉向拍攝一些特殊的照片，例如拍下自己倒立的畫面（真是奇怪，怎麼會有人喜歡拍倒立時痛苦的表情？話雖如此，照片洗好還是與普通照片沒什麼兩樣，不會特別奇怪）或者是把毛毛蟲拍得像結婚紀念照一般大小，看了教人寒毛直豎，毛茸茸的，真是醜斃了，但是同學們似乎看得津津有味，當然水木心裡也喜孜孜的很有成就感，當時他還是個年少的美少年。

他拍的照片當中，有一張連寺田本身都讚不絕口。

（這張簡直是傑作！）

他記得，有一次水木從文具店蒐集了許多女明星的宣傳照，把照片上的五官分別剪下來，再重新組合成新的明星臉，然後用相機翻拍。例如嘴巴是東活（日本的電影公司）冬島京子的、眼睛則是東邦製作的春澤美子、耳朵則是……從眾多女明星當中，挑選其特徵部位加以組合，居然能製作出一張新的合成美女照，真是巧奪天工！

水木會把他拍的合成照偷偷藏在課本裡，帶到學校給同學們看。

（喂，你知道這個部位是哪個女明星嗎？）

看到自認是專家的同學，歪著頭看著合成照的模樣，水木真是開心得不得了。

當時洵吉也偷偷看到那些照片，經過重組後創造出來的美女臉龐，看了直教人心跳加快，即使是現在，當年的情景依然歷歷在目。

就在他發呆想著這些事的時候，水木突然出現在他面前。

「不好意思，讓你久等了……」

「我在沖洗照片，一時忙得沒空招待你……喂，你在發什麼呆啊？」

「嗯，沒事，沒什麼啦……」

洵吉雖然勉強擠出笑容，但看得出來他的臉頰十分僵硬。水木並沒有察覺到這些，只顧著檢視手裡的底片，遞給眼前的寺田。

「怎麼樣，很棒吧！這張是淺草的小川鳥子。今天請她到工作室來，當我的模特兒……拍下了這些裸照。」

「小川……」

「小川鳥子，不正是淺草的紅牌舞孃嗎？怎麼會……」

洵吉似乎被挑起了興趣，接過水木手中遞來的底片瞧了一眼，沖洗底片這方面對他來說完全陌生，只見到乳白色的背景中，眼睛的部位是全黑的，而嘴巴的周圍全是白色的，像黑人一般的少女，擺出無矯飾全裸的姿態。

「你看，這個鳥子，真是難得一見的美麗肌膚，很棒……」

水木似乎很愉悅地喃喃自語，將抽出來的底片再次放回去，然後對洵吉說：「今天還要稍微進行一下顯影的工作，你也一起來幫忙吧……」

於是洵吉隨著水木走出門外。

—◇—◇—◇—

那個房間，是一間小小的暗房，周圍飾以全黑的厚窗簾布，其間皺褶起伏不大，就這樣緩緩垂下來，在那之中，有一盞小小的暗紅色燈光，幽幽暗暗，映著微弱的光圈。

「中學時代的朋友真是令人懷念啊！好久不見了，能在淺草遇到你，算是很偶然的機會了！」

水木緬懷著舊日情誼，把門用力關上之後，在紅色燈光的陰影下，將藥水調配好之後倒進白色器皿裡。

洵吉望著水木動作靈活的手指，注視著那美麗的指甲，說道：

「嗯……的確好久不見了……為什麼你喜歡這種照片？和你學生時代拍的傑出作品真是大不相同……」

水木在白色器皿之中放進蛋白色的相紙，開始上下左右搖來搖去，要讓相紙充分浸在藥水裡，以便洗去多餘的感光膜。

聽到寺田的問話，真虧他還記得這些，水木不由得露出了苦笑，隨即以認真的神情回答：

「你知道嗎？我就是最喜歡這種氣氛，簡直像嗑藥，無可自拔地迷戀上這種變態的照片。」

「不管別人怎麼說，我無所謂。你瞧，剛才什麼也看不到的相紙上，起先像是天空一般，無論景色也好、臉部也好，看起來都是白茫茫的一片，現在影子慢慢出現了。這時候，我就會忍不住興奮地微微顫抖起來，感覺好開心！」

「『原本什麼也看不見的相紙上，接下來會出現什麼畫面呢？』這樣想的時候，心裡那種輕鬆又愉悅的興奮之情，你應該也能體會吧！」

水木渾然忘我地看著手上即將顯影的相紙，戒慎恐懼地期待著，不知能否洗出高畫質的照片。

「照片能創造出超越五官的神祕感，構成一幅美麗的圖畫。耽溺在這些攝影作品之中的我，覺得自己好幸福喔！」

自言自語的水木，蒼白的臉在紅色的燈光映照下，像中風患者一樣，在黑暗中浮出病態面容，還有他紅色的嘴唇，此刻看上去卻是綠色的，有種說不出的怪異感。

另一方面，寺田就在目睹水木進行照片顯影的過程，看到濕答答未乾的相紙一角，一開始只是霧霧的、淡黑色的汙點，然後迅速布滿整張相紙，接著出現不可思議的影像，那種教人說不出的期待，讓人感受到強烈的吸引力。在他幫忙水木進行照片顯影的過程中，也開始對於照片產生了濃厚的興趣，和水木一樣感受到樂在其中的陶醉感……

顯影的工作終於完畢了，接下來要用清水洗去殘留的藥水，因為相紙上的水分還未乾，可以稍作休息一下，於是洵吉跟隨著水木來到那間貼著巨幅照片，嚇得他臉色發青的恐怖房間。

在那完全黑暗、紅色燈光幽暗的氛圍下，洵吉曾一度掙扎，感覺到自己的脆弱，但那只不過是引領他進入未知世界的一個開端。很快地，洵吉的態度有了一百八十度的轉彎，整個人也開始變得怪怪的，好像對這些可怕的事物產生了免疫力。

現在面對眼前如此怪異的照片，寺田一點也不會覺得有壓力。惡夢仍繼續蔓延，一看到這些醜陋的照片，他立刻湊上前去，仔細盯著照片瞧，貪婪的眼神教人不寒而慄。

他看得血脈賁張，毛細孔放大，像天文照片上的月球表面一樣，而且身上的毛髮也突然激增，有的毛髮豎起來，有的毛髮和肌肉糾結在一起，有的毛髮分叉，隨著身體上的變化，洵吉的性格也變得十分怪異，感覺到無以名狀的興奮。

他早已把水木拋在腦後，忘情看著那張巨幅照片，一會兒踮起腳尖向上看，一會兒蹲低向下瞧，巴不得貼上去似的，不停觀賞……洵吉被畫面上無聲的波動給迷住了，好像木頭人似地站在原地，一點也沒有想要離開這裡的意思。

那簡直是藝術的極品啊！

照片上，被切割成不同部位的人體，彷彿置身在夢裡，巨大的頸部、乳房、肚臍之中，有山丘、也有河流、有森林、也有山谷、甚至連風的聲音，所有的一切全都混合在一起，協調和緩的起伏彷彿會呼吸一樣。

洵吉的內心悸動不已，寂靜的房裡，水木站在房間的一角，看著洵吉的模樣，忍不住發出淺淺的笑聲。

「寺田君，你好像很欣賞這張照片嘛……時候不早了，乾脆在我家住下來算了，反正這裡只有我一個人住，你不用擔心！」

正當水木這樣說著的時候，他的視線越過玻璃窗朝院子的方向望去，在銀白色的月光下沉澱著寂靜的幽暗，風在玻璃窗外有一陣沒一陣地吹著。

「沒想到這麼晚了。如果可以的話，你從叔父家搬出來，來這裡當我的助手好不好？你也不想一直待在叔父那裡，不是嗎？……而且你似乎對攝影也有興趣，這不是正合你意嗎？」

一說完話，水木緊閉著薄唇，直盯他瞧，似乎在等待洵吉作出回應。

（叔父……）

聽到水木這番話，洵吉的眼前出現幾個畫面，那是陰鬱的長屋一隅、嬰孩的哭聲、腳微妙地踩在褪色的榻榻米上以及叔父臉上深刻的陰影……不連貫的的畫面逐一浮現又立刻消失。

「嗯！請讓我當你的助手……」

洵吉以飛快的速度回答水木，心想與其繼續在叔父家寄人籬下，看人家的臉色過日子，還不如選擇住在有錢的水木家，當他的助手，每天幫忙處理這些精采又有魅力的照片，這樣的生活方式，比起從前真不知好過多少倍？

下定決心後，洵吉當晚就投宿在水木家，隔天一大早很快地回到叔父的住處，簡單說明了理由，就帶著所有行李直奔水木家。

他們兩人每天為了創造出照片上奇怪的「陰影」埋首工作，幾乎到了廢寢忘食的地步。

事實上，至今為止洵吉還不曾有過如此愉快的生活，他從前根本想像不到會有這一天。

水木和洵吉特別喜歡一張蛇把青蛙吞下瞬間的特寫，於是想到來拍一個以「絞首台的死刑囚犯」為題的照片，由洵吉擔任模特兒，在陰慘的背景前，用一根從天花板上垂吊的繩子，然後裝作被絞死的模樣……

為了達到效果，讓光線可以在他身上拖曳成長長的影子，洵吉差點斷了氣……然而沖洗好的照片上，正好是臨死之前的一瞬間，駭人的景象彷彿一點一滴從照片裡滲透出來，令人毛骨悚然！

「太完美了，這張照片非常成功……」

水木和洵吉一邊說著，一邊像是要將尚未乾透的照片搶到自己手中似的，互相偷瞄了一下，然後擊掌慶祝，在房間裡開心地手舞足蹈。

他們在房裡，不斷製作出像這樣的怪異照片，並且累積了可觀的數目。

有一天水木邊整理這些照片，邊對洵吉說：

「喂，寺田君，這些精采的照片，只有我們兩個人知道實在太可惜了，真希望能找個地方舉辦公開的展覽，如果沒人願意展出我們的這些照片，也可以召募會員，舉辦私人的展覽會，一定會引起轟動，到時候搞不好真的有人會在展覽現場昏倒也說不定！」

當然，洵吉聽了也非常贊成這樣的構想。

（搞不好真的有人會在展覽現場昏倒也說不定……）

這句話激起洵吉內心的虛榮感，此刻的他，心臟噗通噗通地跳得好快！

「好啊，你準備什麼時候辦展覽？」

他很快地瞄了水木一眼，只見水木好像陷入思索。

「現在還不行，因為還有一個從過去以來就一直想完成的偉大夢想還沒實現。如果能夠把它拍出來，就可以舉辦展覽了！」

「你說的那個作品，究竟是什麼？」

「嗯，現在還不方便講……不過，我一心一意想要拍攝這件作品，如果你願意幫忙當然是最好！」

洵吉聽完這番話，又忍不住進一步想探聽相關細節。

「到底是要拍攝什麼樣的作品？不管做什麼我都願意幫忙！」

但水木沒有回答，依然陶醉地整理他的照片。

此時，洵吉才發現水木的神情顯得相當認真（似乎心中已經有了重大的決定），於是沉默了下來。

經過兩、三天，剛好底片用完了，水木託洵吉前往車站附近的攝影材料行補貨。

洵吉買好了各式各樣的底片，準備打道回府，此時他心中突然有一種不祥的預感，於是不知不覺加快了腳步。

腳底踩著黑色鬆軟的泥土，拔腿狂奔，水木家逐漸浮現在他的眼前，就在路上拐個彎之後，他看見平時用來採光的玻璃窗屋頂有半面正閃耀著光芒。

（希望別發生什麼怪事……）

特別是今天，那眩目的光線，令洵吉感到相當不安。不過他一如往常穿過大門，拉開玄關的門，就在這時候突然……

「天啊……」

他喃喃自語。果然，如他所料，就在出門的這段時間，家裡一定發生了什麼事。

在玄關的石階上，洵吉發現了和水木的生活完全不搭調的一雙工作用膠鞋隨意棄置在一旁，還有一個用來穿鞋的鞋拔子，在灰暗的玄關閃爍發亮。

洵吉很快地把襪子脫下後，大聲叫著：

「水木君、水木君……」

洵吉在屋裡四處搜尋水木的蹤影，但是他的叫聲，像是被牆壁靜靜吸進去似地，完全聽不到水木的回應。

他開始到處找尋，最後來到位於閣樓的工作室，一打開門。

（水……）

他探頭進去，卻看到水木慌張的表情，像是要控制對方的樣子，看起來相當危險，本想喊出水木的名字，又立刻吞了回去。

不過，洵吉很快就明白了一切。水木之所以變得慌慌張張，像是要控制住對方的樣子，不是沒理由的。因為在他腳邊，有一名穿著薄紗、年輕而健康的女孩，正安穩地睡在地上……

洵吉有點不好意思，緩緩靠近水木的身旁，手輕輕地搭在他的肩上說：

「她是誰？你女朋友來我怎麼都不知道……不過，她好像睡得很沉？」

「哈、哈、哈！」

水木突然放聲大笑，整個房間的空氣都在震動。那聲音聽起來好像狂人一樣，不規則而誇張。洵吉不由得感到很恐怖，他有點擔心，這女人恐怕再也醒不過來了。

「寺田君，你誤會了！這個女的，是我今天才在路上遇見的……仔細瞧瞧，她分明已經死了……」

一時之間，洵吉不知該說什麼，他壓抑著自己，不去理會因緊張而表情扭曲的水木，接著將買回來的底片，從袋子裡取出來。

「不用太驚訝。這個女的是推銷員。你正好不在家，所以我只好親自動手！」

洵吉突然想起在玄關發現的工作用膠鞋的鞋拔子。

最可怕的是水木用他巧妙的話術，把人一步步誘拐到他所設下的圈套，洵吉只知道水木為了說服淺草的紅牌舞孃小川鳥子拍攝全裸的寫真，大約花了兩、三天的時間，而這次竟能夠在這麼短的時間內，誘騙這名女推銷員再加以殺害。（難不成在玄關就把對方殺了吧？）

洵吉想到自己只不過是來水木家拜訪，不到兩、三個小時，就被擄獲，開始喜歡上這些奇怪的照片，接下來甚至變成他的傀儡被使喚……

呆立在一旁的洵吉，並沒有想什麼，腦中卻浮現這些片段。

「來吧，你也來幫忙……」

聽到水木的聲音，洵吉不覺鬆了一口氣，剛才所想的那些事，轉眼間煙消雲散不知揮發到哪兒去了。

「玄關上還留有一雙工作用的膠鞋，讓我幫忙收拾好了……」

洵吉也搖身一變，成為殺人魔的幫凶！

◇◇◇

接下來洵吉照著水木的吩付，幫忙他把這位女推銷員的內衣予以卸下，工作室旁邊有一個置物櫃，然後將裡面的一個大型的玻璃箱（寺田早就知道有這個東西，卻不知道該作何使用）搬出來，把那名女子的屍體，像處理廢棄物那樣，讓她安安靜靜地躺在裡面。接著蓋上玻璃蓋，邊緣用膠布封好，重新仔細端詳那名女子赤裸的姿態。

那女子在玻璃箱裡安詳沉睡的模樣，好像被冰封的人魚，絕美的容顏，黑色的長髮放下來，在枕邊匍匐迴繞，還有那失去血色的唇，微微開啟，可以窺見到她整齊潔白的牙齒，讓人感覺到她好像在作一個快樂的美夢，可惜她身上散發小麥光澤的肌膚，如今已消失了原有的健康彈性。

不知為何，洵吉嘆了口氣，不經意地回頭，望向水木的方向，水木聽到他嘆息的聲音，便訕笑說：

「怎麼樣，很棒吧！我剛開始遇到的時候也嚇了一跳……從以前就一直很想得到像這樣理想的身體啊！而且她是女推銷員，誰會知道人她的下落呢？真是太棒了！」

水木說完，便取出準備好的相機準備拍下這美麗的畫面。

「你要拍下她……可是為什麼要放進玻璃箱裡？如果只是為了拍照，犯不著把她殺了吧？」

洵吉依舊滿腦子疑問。

「你不知道我費了多少工夫，才找到這麼理想的女體。而她是自投羅網的……至於殺她的原因嘛……」

水木說話突然停頓，然後才又繼續：

「因為啊……呵、呵，這麼美麗健康的肉體，接下來就會慢慢腐爛了，所以我要把所有過程拍下來，很驚訝吧！現在看起來如此豐腴的小腹，到了明天一定會慢慢凹下去，眼睛也會逐漸融蝕，臀部的嫩肉也會腐爛，我就是要拍下這些畫面。她身體的各個部位，每天分別拍下一張作紀錄……」

聽到這麼可怕計畫的瞬間，洵吉感覺到這是非正常人所能想像的噁心照片，就連當助手的洵吉看了也覺得胃裡的東西好像快湧到喉嚨似地感到一陣暈眩。

在這個玻璃箱裡，健康女孩的屍體不知何時開始有了紅黑色的腐爛液體從皮膚組織滲出來，剝去她的表皮之後裡面爬滿了蛆。已呈現藍紫色腐化的內臟、肉塊從骨頭上鬆脫，成為玻璃箱底部濃稠如泥漿的腐敗汁液……

露出的骨頭上還有蛆在縫隙中鑽動，水木看了口水直流，很認真地進行對焦的模樣……

洵吉幻想著令人作嘔的一幕。她的屍體還保有生前的彈性尚未僵硬，將她放進密閉的玻璃箱裡，可想而知過了很久打開來，裡面撲鼻而來的腐臭味會有多麼噁心，簡直令人再也不想待在這間屋子裡了。

他突然飛奔出去，從閣樓的工作室衝到樓下才能好好安心吸一口新鮮空氣，水木絲毫不為所動，臉上看起來充滿希望，神色自若地從閣樓的工作室走下來。

洵吉坐在椅子上喘著氣，水木倒了一杯水給他喝。

「寺田君，幹嘛嚇成那副德行？……虧你長得這麼壯，怎麼一點男子氣概都沒有！」

被他這麼一講，洵吉倒是覺得有點害臊，趕緊將杯子裡的水，一口氣喝光，這時內心才恢復平靜。

「水木君，你到底為什麼要拍下那個女的腐爛的過程？」

「我，恕難從命……」

洵吉稍微加重了語氣，繼續逼問。

「你問我為什麼……不是早就告訴過你了？我這一生最大的願望，就是拍一組名為『腐爛的亞當和夏娃』的作品。怎麼樣，這題目很棒吧……」

「亞當和夏娃？」

「是腐爛的亞當和夏娃！」

「夏娃已經找到了，難不成接下來要找亞當？」

（然後再把對方殺掉囉！）

洵吉，忽然有一種不舒服的感覺襲上心頭？

但是，水木十分平靜。

「亞當已經找到了！而且在這之前就已經決定好了。就是那個替我找來夏娃的助手……」

「呃？」

（這麼說來，亞當不會是我吧？）

「呵、呵，瞧你馬上變臉了。我在淺草遇到你的時候，就喜歡上你這種『甲種合格』的體型了……現在心情如何？有沒有覺得剛才喝下去的水有點怪怪的……」

「水木，我要殺了你！」

洵吉大叫，想要抓住水木，卻被椅子擋了下來。

藥效已經發作了，如今洵吉整個人完全使不上力，隨即癱倒在地上。

他用盡全力大聲詛咒，照理說應該是怒吼般的聲音，如今聽在自己的耳朵裡，卻是如蚊子發出嗡嗡聲一般，一點也不響亮。

在他逐漸失去意識的過程，感覺到自己好像已經從腳趾開始腐爛起來了……

1 本格派為推理小說的流派之一，又稱為正宗、古典派或傳統派。此流派以邏輯至上的推理解謎為主，在驚險離奇的情節與耐人尋味的詭計當中，透過邏輯推理來展開情節。本格派在內容設計上會盡可能地讓讀者和偵探站在同一個水平線上，擁有相同數量的線索，滿足以解謎為樂趣的讀者。

地図にない街

不在地圖上的街道

一九三〇年四月　發表於《新青年》

橋本五郎

本名荒木猛，別名荒木十三郎、女錢外二。明治三十六（一九〇三年）年五月一日生於岡山縣牛窗。在大正十五年（一九二六年）的《新青年》五月號發表處女作，昭和三年（一九二八年）開始在《新青年》雜誌編輯部上班。

之後以〈疑問之三〉參加新潮社的未發表作品集《新作偵探小說全集》。那是橋本唯一的長篇，在此之前他一直被視為短篇作家。昭和二十三年（一九四八年）五月二十九日，歿於牛窗町。

本篇藉由敘述一個不幸男人的奇妙體驗，一針見血地指出貴族社會的自我。

將自己的故事告訴我的人，名叫寺內。聽說去年十一月底，正好是我聽完該故事後返家的當天晚上七點鐘，他因為病情惡化，一頭撞上自己房間的柱子過世了。

如果出事的時候是七點鐘的話，那距離他送我離開還不到三個鐘頭。

閒聊中無意透露此事的友人，對於我的異常詫異，告訴我說寺內的死當然是自殺，正確來說是偽稱病逝，而且只要如此，一切都能完美地結束了。雖然他的死因對外已用病逝論定，但我在那一瞬間還是很懷疑是否真的該這麼做。

因為我想起了在他生前從他那裡聽來的故事，當時……我被強迫傾聽這個故事的時候，純粹是因為地點、對象剛好，況且我跟他只是素昧平生的人，也就是所謂的強迫中獎，當時單純覺得很有趣，聽過就忘了。

如今，聽聞他自殺以後，當時他那種極端認真的模樣啦，還有這個故事的情節其實十分合乎邏輯等等，一切似乎都說得通了。

他在說故事的空檔，極力主張自己是正確的，現在回想起來，那種過度的激昂以及對於其他事物近乎惹人厭惡的怒罵，全都是他自殺前的悲哀吶喊，我想我已經能充分理解了。

在我之前，他可能也曾將這故事告訴某人。但，故事遠遠偏離了我們的常識，其次就是對於地點、對象的成見所致，恐怕誰也不會相信他吧！他一定是除了自殺之外，別無他路可走。當時，就連我也不知不覺被故事的精彩程度所吸引，而在他受到監視的房間內坐了將近兩個鐘頭，但心裡仍擔心說不定會受到傷害，才抱定了萬一有什麼事的話要立刻飛奔而出的覺悟。

他因憤怒而銳利瞪視的眼睛、因詛咒而格外激動的說話口吻，以及儼然是個壯士的態度、時而像隻貓兒留意走廊情況的模樣等等，的確是我們誤會他了。他和我們一樣，在明朗的青空下，同樣有權力主張當個鎮定安詳的人！

我打算為他發表這個故事。

就算無法將他從偽稱病逝的錯誤死因中解救出來，哪怕只有一個人願意考慮故事的真實性，想必他在九泉之下也會覺得有幾分安慰。其次是他在這個故事裡的命運，我相信不久後也會是我們命運的另一面。

這個恐怖的故事，是三十幾歲過世的他在二十幾歲的春天，怎麼說都是從一場格外詭異的冒險展開的。然而讀者一定知道，微笑的背後經常是隱藏著黑色面具的……

寺內在那時候，已經對都市這地方絲毫不感到眷戀了。所謂的職業介紹所，也只需要限定的特殊人士，領悟到除此之外沒有任何意義的他，將一張履歷表和學校的任職命令、戶籍謄本還有空錢包放進口袋，總之踏出腳步不斷往前再往前。

因為沒有抬頭挺胸的心情，所以只是看著髒汙的地面不停走著。不過，有時與他並行，或者沒有並行，狀似匆忙地走離及走近的諸多腳步，卻仍會映入眼簾。那時候，越過那些人的腳和腳之間，可以看見道路對面家家戶戶的屋子底部。可以看見像滿載著乘客行走的電車車輪。於是那些腳和車輪和家家戶戶，讓他即使身處人群之中，仍舊感到舉目無親的孤寂。

空腹感是一開始就有的，但走著走著也就不太嚴重了。不過，在類似睡眠不足而不耐煩的腦海中，穿著圍裙的女人臉龐啦、館子的招牌啦、桌上的一根湯匙啦、味噌湯的顏色啦，那些東西不斷忽隱忽現忽隱忽現……

宛若夢遊般一直那麼走著的時候，寺內不知何時已來到淺草的公園。換算成距離是將近三里的地方，他不知不覺跋涉到了瓢簞池畔那些油漆剝落的長椅之一。

時間剛好是越過六區之後不久，在那兒，愉快的人們再度變成黑壓壓的一群流向電車，一個接著一個遠去的腳步聲，對頹倒在長椅的他而言，據說就好像是從埋葬的墓穴中，聽到前來參加葬禮的親戚轉身離去的聲響。

六區的電燈啪答啪答地逐漸熄滅。

彷彿是被它攆走似地，迄今一直吵鬧不休的夜間攤販推銷吆喝聲，一個接著一個消失了，熱鬧背後的冷漠益發圍繞在他腳邊。似乎有股又甜又酸的風，從他胸口朝背部方向，迅速穿越肺臟而過。

漫不經心地暫時閉上眼睛後，他從口袋拿出履歷表，心不在焉地緩緩注視那文字。因為是士族[1]而優先錄取的原因，讓他覺得異常滑稽，突然對學校的公職二字憎恨不已。鄉下的種種從腦中一閃而過。然而他的聯想非但不是汽車貸款，反而是事到如今自己連一毛可使用的金錢都沒有，他就像一塊豆腐般茫然發呆。

他反手將履歷表丟進瓢簞池，接著是任職命令、謄本，還有空錢包。

那盞佇立在長椅旁，好似在同情他的通宵夜燈，彷彿幻燈機般反射出青白色的光芒，搖曳地照耀著寺內逐漸掉落的過去。不管有什麼樣的過去，什麼樣的經歷，對目前的他而言不已沒有任何必要了嗎……

「哈、哈、哈」他試著縱情大笑。

彷彿在配合著當下的氣氛，某人也哈、哈、哈地笑了，而且就在他身旁。

他當時的感覺，好比被人用火鉗之類的東西打到小腿……總之很難描述。定睛一看，同張長椅的另一端，有一個男人……一個用破毛毯裹住身體的老人，看到他之後再度發笑。

「怎麼回事？」

不久，老人開口搭訕，然而當時，他猶在驚訝身旁竟有人在，一時之間無法回答。

「士族真是無聊的玩意兒啊！」

老人再一次開口攀談的時候，他想到了過去曾聽說過的，拐人到北海道當苦力的事情。這老人到底是不是那麼恐怖的人物呢？於是他凝視著老人圓圓的臉、柔和的眼睛、狀似健康的表情，還有粗壯的體格。

「學校的教職還真無趣啊！」那老人繼續說道。

但，他還是沒辦法以言語回答。

「錢包這玩意兒根本完全派不上用場。」

這老人何時來到這張長椅，又是在何時得知那樣的他是士族子弟，過去曾擔任國小公職等等事情呢？他依舊注視著老人的臉，不發一語。

「怎麼樣，要不要吃？」

哈、哈、哈，老人笑著，從先前一直蠕動的毛毯懷中，拿出一個報紙包打開它。於是八、九根吃剩的香蕉，猛然喚起他的食慾。不能伸出手，不能伸出手，些微理性讓他想像著那個北海道苦力的悲慘下場。然而那時候，他描述自己終究無法戰勝那誘惑。

「我可以收下嗎……」

年輕的寺內原本打算那麼說，不過嘴巴突然黏住，沒能說出的話就從唇邊消失了。

但，下一秒鐘，沒有任何理由，他已經和老人並坐在一起，感情和睦地剝開香蕉皮。而那食感是何等的柔軟，碰觸著喉嚨啊！

「要抽菸嗎？」吃完後老人問道。雖然他沒想過在飯後來一根，但被那麼詢問後，難以壓抑的菸癮，漲滿至冰冷手指的每個尖端。

「唉呀，抽完了嗎？我記得還有的啊……沒關係，店應該還開著吧，我去去就來。」

他還沒來得及回答，伸手在毛毯中摸索的老人，看似無法在身上任何地方找到香菸，喃喃說了那些話後就從長椅上站起來。

在老人拿香菸回來之前，徘徊在他心中的思緒，既非對過去的詛咒也非對前途的想像，而是剛才離去的老人到底是哪一號人物。

從那一身打扮來看，就算是不熟悉當地的寺內，也覺得老人除了乞丐之外什麼都不像。不過雖說是乞丐，其談吐的細微之處，還有態度，總覺得相當紳士。

從他表示要去討香菸的話來思考，假設老人是北海道的苦力販子，前去討菸的地方是否就是夥伴的家？

如果是那樣的話，自己接下來將會如何？

聽說只要和他們交涉過一次，憑那集團的惡勢力，絕對不會讓對方有路可逃的。不過，如此差勁的惡人，既然想將自己賣掉，為什麼身上會連香菸錢都沒有？倘若老人是乞丐的話，自己已經從那乞丐身上蒙受過一飯之恩。來到東京才僅僅兩個月，自己已經踏入乞丐的社會一步了……在他心中，來來去去的淨是那種寂寞的預感。

「來了，不過是朝日菸……」

不稍多時，老人精神奕奕地回來了。

對於那時的誘惑，寺內表示自己還是無法戰勝。

反正都會被賣到北海道，管他什麼東西全都收下吧！據他說他的心情開始流於下流無賴。

啪地打開朝日菸的盒子，點燃其中一根菸的愉悅，讓他第一次體會到「感謝」一詞的意思。

滿滿吸入胸腔，然後再盡可能地慢慢拉長時間，靜靜地靜靜地吐出來，暫時閉上眼睛，呼往空中的白煙，將他肚子裡面的各種穢物一掃而空，他陶醉在那樣的清爽中。

「將錢包丟掉，是因為失業嗎？」

老人的態度宛如正靠在喫茶店的桌子上，問人的方式相當尊大。在他心中，從早上開始的，不，是兩個月來對這方面的痛苦感覺，漸次復甦了。苦不堪言的都會經驗，以各式各樣的面貌逼迫他記起。

老人的問題讓他興起幾分警戒。寺內說當時以一種事後回想也無法說明的心情，將迄今發生過的事情全告訴了老人。不過，老人並沒有提到他暗自揣測的北海道話題。

「那今晚沒地方住囉？」雖是充滿同情的聲音，卻是老人聽完後所說的第一句話。

「不過沒關係啦，因為你還年輕。之後一定會有好運的，你可別想不開噢……那麼今晚，可以到我那裡住，要來嗎？出外靠朋友嘛，你一點都不用客氣，總之先離開這裡。已經到了管區巡邏的時間，被發現的話又要囉哩囉嗦了。」

一聽到管區，寺內說自己嚇了好大一跳。至今想都沒想過的寂寥感，像潮水一樣吞噬他的胸口。他跟著老人，沒時間多想就站起身。然後在池畔稍事休息，來到如今已經全部變暗的六區石板路。

「對了，去之前要不要洗個澡，你很累了吧？」

老人停下腳步。當時他並沒有特別想洗澡，抱持著事到如今違逆老人也於事無補的心情，遂以表情示意悉聽尊便。

「那你在這裡等我一下，我這就去籌洗澡錢……」

老人就那樣繞過戲院G館轉角，消失了片刻。

什麼叫籌洗澡錢？該不會是用偷的吧？他終於厭倦了揣測老人的真實身分，後知後覺地回顧，自己這不到半個小時的詭異行動。

「久等了，走吧！」

老人費了一些時間才回來。既然他說走吧，表示已經籌到錢了。

寺內邊猶豫著該不該詢問這件事，就那樣不知不覺地尾隨著老人，來到連城鎮名字都不知道的某間大眾澡堂，穿越布簾走進裡面。他看到老人將一枚五錢白銅，以及五枚一錢銅板放在收費臺。

寺內重新注視著脫掉衣服的老人。不，包含周圍的人和收費員的眼神，他都裝出一副若無其事的樣子觀察著。

如果能知道這些人是如何看待老人的，大概就能察覺老人的真實身分了。想是這麼想，但是沒效。都市的所有一切都是個人主義。

只要收過錢之後想做什麼事就悉聽尊便了，收費台的男子頻頻打瞌睡，為數不多的顧客，大家也都各自急著回家，甚至沒有人看他或老人一眼。

明亮的燈光下，老人的圓臉滑潤地閃著光澤。柔和的瞳孔不停散發出幸福的光輝。帶點孩子氣略顯豐厚的手掌，遠比寺內的手還要漂亮。

老人絕對不是乞丐，領悟到這一點的他，有種前所未有的恐懼感。

但，當他思考著今後該何去何從的時候，那種類似恐懼的東西，不知不覺竟已變淡了，之後在沖水場盤腿坐著的他，已經在幫老人洗背，或是讓老人幫自己洗背了。對於澡堂借來的手巾上的髒汙，他現在也一點都不介意了。

不過這時候又有誰知道，他早已陷入老人的恐怖計畫中！

從澡堂出來的老人，抽完一根菸後，彷彿自言自語般說：

「那麼，因為今天有客人，就不去公館改去別墅吧！」

在老人的伴隨下，他穿過幾條幽暗的巷子。兩側不見一間裝設玻璃門的人家。恐怕是因為建築式樣太粗糙了。透過緊閉的木板窗戶瀏覽各角落，可以從微弱的光線窺出那些人家的節儉。如果能在太陽下觀看的話，想必是髒亂不堪的一處貧民窟。

之後兩人所抵達的別墅，頗為巨大、黑漆漆地聳立在這城鎮一角。連圍牆也沒有，到處都看不到照明。從天空劃下的黑影，他最多只能判斷出那棟建築物是洋房。

「門已經關上了，我去施一下咒語，馬上就回來。」
老人低聲說道，然後拐進建築物的大門那一側。寺內獨自站在漆黑的地面，不用說他又開始想像有關老人的種種了。然而不可思議的是，他表示自己現在對於老人的言行舉止，已經不再有任何懷疑了。
「快，可以進來了。事情很順利。」
黑暗中傳出說話聲，他面前出其不意地開出了一個洞。建築物的一扇門被打開了。
「在那裡脫掉鞋子，因為有階梯。」
如果沒有老人的提醒，那時候他大概馬上會被眼前的樓梯撞到小腿吧！走廊彷彿貼住胸口般狹窄。隨老人在走廊轉個彎，光線隱隱約約從左手邊的房間洩出。呈現在他眼前的估計是打通兩間八疊大的寬敞房間，走廊的交界處沒有半扇拉門。
一看，有了有了！在唯一的燈光照射下，這房間塞滿了穿著和服外套、法披[2]的人，最多的是蓋著南京米袋的人，個個都像是無法在大馬路看到的男人們，將近四十人，擠得滿滿地，橫七豎八地在那裡和衣而眠。
「保持安靜。還有你看，你可以躺在那一塊。肚子餓了吧，明天再說。冷的話可以蓋這個睡覺。」

老人將先前穿在自己身上的毛毯借給他。寺內表示一直要到隔天早晨，他才知道這棟建築物是A區的免費投宿所。

雖然知道老人口中的別墅，單純只是黑話，但蓋著毛毯睡覺時，他仍無法不去思量益發無解的老人的真面目。

「好吧，明天就問他。然後再根據老人的真實身分來判斷，如果是不該接受的好意，就痛快拒絕吧！」

多少恢復些自信的寺內，鑽牛角尖想到最後，又覺得肚子餓了，因此好不容易才睡著。

「我不是勞工，但也稱不上是乞丐吧！當然職業是什麼東西這十年來也已經忘光光了。別看我這樣子，早就已經越過六十大關了。不過就算沒有工作也不會缺少吃的，睡覺時不會凍著，話雖如此，要說髒的話，那就是我吃的，穿的，以及睡覺的地方，都是那麼骯髒，但這也有這的好處。我可以順應心意，或吃或睡或玩，如你所見，悠閒自在地活到現在。都市這種地方實在很方便，因為可以免費得到任何東西啊！所以呀，你用不著擔心，欸……想喝酒的話就有酒……啊啊酒大概不行，那麼想抽菸就有菸，喜歡什麼隨便你說，我會像昨天那樣弄來給你。想要女人的話就連女人也……走快一點吧，不然來不及吃飯了。」

老人走著走著，邊那樣回答寺內。離開昨晚的免費投宿所，兩人再度走在漆黑的河岸路上。

儘管時間急迫，老人還是告訴寺內各種驚人的都市密道。例如昨晚的香菸。據說那是老人到附近的打靶屋，只是露個臉便能得到的東西。老人以前曾經到過那十二間相連的打靶屋，一間接著一間，看準時機。

「唷，大家好！」說完便走了進去。接下來，「怎麼樣啊！大姊，可以給我幾顆子彈嗎？」

在第一間打靶屋，「請慢用。」對方很乾脆地將子彈放在他面前。於是完全不懂打靶的老人將上半身栽在台子前，說道：

「哈、哈，大姊還很年輕嘛，瞧妳那麼認真的樣子，我倒不想玩了。因為妳會很可憐，唉呀！還是到下一家好了。」

老人就那樣繞到下一家，關於陌生老人的打靶技巧，又有哪家從沒看過他打靶的打靶屋能夠識破呢，老人在這裡又要了子彈。他將同樣的對白重複一次，老人毫無阻礙地輕鬆跑完十二家。

然而有趣的是，從第七、八間開始，老人的身後，已經跟了一堆無所事事的觀眾，此後每當老人走進打靶屋。

「唉呀呀，你就是╳╳老頭，厲害到讓人家傾家蕩產的人物嘛！」、「如果讓他射擊的話，不管有幾家打靶屋，我看連一家都別想活。」之類的話自然而然就傳開了，不知不覺他背後出現了壯聲勢的人群，到了第十家，「唉呀！這不是大師嗎，今天真不湊巧剛好擠了一點，一點小東西不成敬意……」都還沒開口就先塞過來一包「朝日」了。

以後只要老人想抽菸，抓準時機到那十二家……不管在哪一家打靶屋露臉，一句「我來打靶了！」三兩下就能弄來朝日菸。

換做大眾澡堂也一樣，倘若是十錢、十五錢的小事，聽說不管哪裡的熱鬧地區都有專門掉錢的洞穴。若要一一追究撿來的東西，只會沒完沒了，不過是將放著任其腐爛的錢撿起來，算什麼過錯呢，金錢本身的願望不正是被使用嗎？聊著聊著，兩人來到了目的地。

「聽好了，筆直走進去，別說話，假裝你會付錢盡量吃吧！」

老人三言兩語交代完畢，早寺內一步，從沒有門牌、什麼都沒有的木板圍牆門口，光明正大地走進裡面。有些陰暗的大門裡，穿著法披的啦、綁腿的啦，每個看起來都像勞工的一群人，同樣也是一、兩人結伴走來。於是寺內和老人混在人們之中，無須膽戰心驚，在寬敞嶄新的木造食堂內，用溫暖的食物將肚子塞得飽飽的。

「這也是都市的密道嗎？」

寺內在思考的過程中又添了好幾碗飯。

從大門離開的時候需要一些手段。這間食堂，是某種合作經營的餐廳，能夠在那裡吃飯的勞工，在圍牆內等待片刻後，便會隨著工頭前往工地，賺取那一天的工錢。

不過，將近三十人的勞工裡，並非沒有剛好要買菸而走出門的人。寺內與老人，極其自然地裝成那樣的勞工，不費吹灰之力地，再度從大門來到自由的馬路。

「怎麼樣，你覺得有罪嗎，像我這種方式的生活？」

在離那大門幾條街遠的地方，老人依舊邊走邊說道。於是目前對老人有幾分信任的寺內，針對老人的問題闡述了少許意見。

「當然犯罪就是犯罪啦，不過，這種罪行絕不會給其他勞工帶來麻煩，再說又不會害工頭拉肚子，如果是和周圍完全無關的犯罪，對社會而言，那樣子一點也不算罪過吧！」老人如此闡述了相當奇怪的意見。接著老人為了表明那樣並沒有錯，列舉了兩、三件似罪非罪，卻對自己非常有利的例子。

「若覺得有趣，接下來要不要到某個地方，讓你的衣服變得更氣派呢？當然，一樣不花半毛錢。如果我比現在還要年輕，還有魅力的話，多少會將自己弄得整潔點。不過到了這年紀，還是這模樣比較輕鬆。」

這又是一個有趣的提議。

寺內在當時，將老人所抱持的主義或者該說是哲學，對照自己到目前為止的生活之後，便產生了肯定的感覺。

比起這種不可思議的生活，到底有沒有罪之類的問題，接下來即將面對的服裝冒險，反倒讓他產生難以言喻的興趣和勇氣。

「既然是你提起的，自然不會有危險吧？」

「啊啊……當然囉，沒人會抱怨的。就算有也絕對不構成犯罪。唉呀！天氣還真不錯，悠哉悠哉地慢慢踱去吧！」

此刻正在接近中午的城鎮巷道內，寺內和老人邊爭論著與服裝毫不搭調的都市道路論等等邊悠閒散步。

「欸，只要在這一帶閒晃片刻，等一下應該就會有人拿衣服過來了。」

那裡是日比谷公園位於前圖書館後方的樹叢。老人如此低喃著，然後在旁邊的長椅坐下來。

即便是公園，一旦到了這一帶，就會有一點幽邃的感覺，漫步的人影很稀少。早春的淡淡陽光，越過樹木空隙在地上交織出層層疊疊的細影。

寺內同樣在老人旁邊坐下，為什麼只要在這附近閒晃，就會有那種好事者拿著衣服來呢？他正想開口問老人這件事。就在那時候。兩人背後似乎有某種慌張的騷動。

「喂！」

沙沙沙沙……樹叢傳出聲響，兩人眼前出現不可思議的人物。而且，對方手中的匕首已經拔出刀鞘，可以看到它閃著光亮。

「麻煩將你的衣服給我，我會將我的給你……不要的話就說不要，快一點！」

那男人長得一副股票掮客的浪蕩子模樣。三十歲左右，眼角上吊，確實有一股凶狠的味道。他露出後有追兵的態度，再一次說：

「快一點，拜託。」

男人用沒拿匕首的左手，拜託因過於驚訝而傻住的寺內。

「快一點，動作快一點！」

回過神的寺內只得脫下衣服。一套西裝已經賣掉了，現在脫掉的是被油垢弄得皺巴巴的立領襯衫，然後是已經變形的黑短靴。

男人從寺內脫下的衣服那一頭，俐落地將立領襯衫穿在身上。當他想看對方穿好了沒，人家早已從樹叢那方跑掉了。

寺內只好穿上男人的大島紬（鹿兒島縣大島所產的綢緞），將短外褂上的對結綁在一起，那時候寺內總覺得老人說的話，就好像神的旨意一樣，但在下一秒鐘，追上來的刑警卻從後方抓住他的肩膀。不過，刑警一定認識先前的男子。當他提心吊膽地說明自己被匕首威脅的事情後。

「很好，然後他往那個方向去了，是嗎？那麼等一下到××署來，你可是目擊證人！」

刑警丟擲似地將名片交給他，就那樣也從樹叢那方跑走了。簡直像在作夢一般的這段時間。這件事在一時之間……據說一直到老人說明之前，寺內怎麼樣也無法相信它是事實。

衣服變了。他如今是個出色的青年。啊啊……該如何形容老人的話呢，多麼有智慧啊！對於寺內的驚訝，老人一如往常地哈哈笑，然後說了。

「看吧，完全不一樣了？只要稍稍修整門面，不管到哪兒都是不丟臉的年輕人。

為了慶祝中午就在餐廳吃吧！不知道那袖子裡有沒有放錢。沒有的話就到這附近撿也可以……」

老人的話讓他試著將手伸進袖子。怎麼一回事，儘管沒有錢包，卻有一張光溜溜的五元紙鈔，而且連一道折痕都沒有呢！

「唷，這可是意外收穫啊！」

應該說老人的驚訝更勝於寺內。寺內只是茫然發呆，暫時還不知道要做什麼。

「總之先去某個地方吃午飯吧，只要有錢就算上館子也不用怕。」

老人率先站起身。寺內跟在後面。然後走進近處的餐廳，老人甚至點了一杯啤酒給他，老人還會告訴他什麼事情呢？

「沒什麼啦，只要稍微瞭解都市的情況，這種事也不是不可能的。今天早上，我在那家食堂，稍微偷聽了一下隔壁傢伙的談話，聽說麴町的某個地方，發生了一樁案件。雖然是無聊的強盜案件，總之從他們的對話當中，我大概可以想像嫌犯是什麼樣子的人。如此一來，像我將近過了十年這種生活的人，那嫌犯會在什麼樣的地方如何躲藏，之後又會從哪條路逃亡，我大概立刻知道了。我想既然有便衣在追捕的話，大概是那一帶吧，所以才會帶你去碰碰運氣。袖子裡放進了這個算額外收入吧！沒錯啊！是預測啊！因為他大概沒辦法馬上換掉衣服，什麼？有必要去嗎？在遼闊的東京是不可能第二次遇到那個刑警的。如果去警局的話，好不容易到手的衣服才會被沒收。」老人的心情大好，如此說明道。

之後又接著說：

「吶，都這麼派頭了，離開這裡後順便經過理髮廳，將臉打理乾淨吧！如此一來，我會教你更加有趣的事情。絕對不是犯罪喔！還有這一次，順利的話說不定會弄到相當的金額。不對，說不定是有錢也買不到的好事。因為你是個老實人，搞不好，或許還可以回到人群裡。欸，那些事暫且打住，總之你早一點修整門面回來。我會在公園裡和猴子玩。」

老人所說的下一件好事是什麼呢？從一大早，不，從昨晚開始的經驗，已經讓寺內對老人完全信服。還有對於這種愉快的生活，如今的他幾乎持贊成意見。

他在附近的理髮廳邊聽著剪刀近在耳畔的聲音，邊思考著老人的下一樁「好事」。自己睡了。然後吃了、穿了。此外還會有什麼好事？錢嗎？不對，老人說比錢還要棒。說起比錢還要棒的東西……喔喔……女人，難道老人要給自己一個戀人嗎？

寺內懷著喜孜孜的心情離開理髮廳，折回老人等待他的公園。

「聽好了，這城鎮沒有名字，就算是參謀本部的地圖也找不到它。仔細聽好了，如果你沒有出錯的話……」

老人作了如此的開場白，差不多該透露下一件「好事」的場所了，在公園一處光滑地面上，拿著石頭開始畫下新奇的路線。

「這裡是三越，瞭解吧！然後這裡是車站，從三越和車站之間拉出一條線，這地方朝直角走一會兒，會來到有白色郵筒的香菸攤前面。嗯，油漆脫落變成白色的了。這家香菸攤的右邊有條巷子，從這巷子這樣走進去之後，數右邊的房子，在第一家、第二家、第三家、第四家的地方，路像這樣分成兩條。不可以走左邊的。接下來只有一條路，你就一直往右往右走。走了十四、十五分鐘的時候，會碰到黑色的木板圍牆，沒關係，你只要推開木板圍牆就可以了。明白嘛！之後會來到大約這麼狹窄靜謐的通道，聽好了，最後走到這條通道時，要盡可能安靜，吹著口哨慢慢從這裡走到這裡。嗯，那樣就可以了。那麼做的話，一定會有好事發生的。絕不能畏首畏尾的。不論何時都要神采奕奕，還有不管何時都要落落大方……唉呀，總之你就去試試看吧！如果什麼事情都沒發生就再回到淺草，我大部分在這時間都會在那張長椅上。」

老人說的話不知何故很具有威力。雖然結果如何無法料想，但在經過上述的冒險，以及和老人相處間的對談之後，寺內下定決心要勇敢地朝著那不在地圖上的街道前進。

雖說白天變長了，不過都市的夕陽不一會兒就照射在公園的長椅上了。距離五點鐘還有一點時間，晚報的發售鈴聲嘈雜響起，家家戶戶那彷彿會喚起鄉愁的冰冷電燈都亮了起來。

和老人分手後的寺內，胸口邊鼓譟著不可思議的感覺，他順著老人指示的三越和車站間的路線，經過有郵筒的香菸攤，還有老人稱作一家、二家、三家的地方，造訪那座疑雲重重的城鎮。

進入香菸攤的巷子一帶，尚未覺得四處的房子有什麼奇怪之處，往前一步，彎過第四家的轉角後，沒想到在東京、而且是鬧區的一角，竟然會有這麼奇妙的巷子，那條小巷子曲曲折折地蜿蜒著，而且左右兩側的每棟房子，全都用黑色木板牆圍著，那條巷子的對面，一整棟房子竟然連一個通往廁所的出口也沒有。就好像是憤世嫉俗的怪人，偷偷為消磨時間而打造的、看起來一點意義都沒有的死路。

往前一會兒，碰到了老人口中的木板圍牆。寺內試著推開。令人驚訝的是，那兒再度如那老人所言，靜謐地、附有格子窗的屋子，悄悄在他眼前展現開來。他斷然地吹起安靜的口哨。溫柔的節奏彷彿敲門般，溜進了空無一人的各家屋簷，流洩進格子窗內。

我在此處，並不太喜歡提到寺內接下來所發生的事情。不過，依照到目前為止的書寫順序，我將大概說明，在那一間房子內，寺內他和一位婦女交往的情況。

雖然我也無法相信，東京的正中央，會有那麼一個只限出海人居住的城鎮，簡單來說，那裡是全由看家的女人組成的一區，邀請寺內的正是長時間苦於無人陪伴的女人。他沒有人帶領便闖入那裡一事，格外令對方高興，寺內和女人度過了一個禮拜，據說每天都過著很值得讚嘆的日子，風趣又迷人的生活讓他忘了一切。關於他忘了一切這一點，雖然需要更進一步的說明，不過男女之間微妙的關係，讀者應該很能理解。

就在寺內過著那種生活的時候，他明白了對方是何等的美麗……這分美麗包含女人的聰明、教養、氣質。終於超越了單純的興趣，以前不曾懷有的情意，在那個美代子身上——第一次感覺到了。

因此當那難以描述的一週結束，已經不能再待下去的時候，那次的離別讓他感到何等的哀傷啊！

「過了一個月又能見面了，這也是莫可奈何的事，一個月後再來吧！」

寺內表示當時對方的眼眸中，閃爍著某種濕潤的東西。

就那樣，結束了這詭異的一個禮拜，寺內辭別了女人家再度成為都市一員時，已非從前的一文不名了。我不知道那樣算是犯罪還是沒有男子氣概，總之寺內突然獲得了足夠生活兩個月的金錢。

但，故事到了這裡還沒有結束。雖然只是一件小事情，當他辭別女人的住處回歸久違的人潮時，不得不提到有輛險些撞死他的轎車。那輛轎車，宛若欲置寺內於死地般，他往右躲就往右開，他往左閃就往左開，將近五分鐘的時間，在電車通過的中途，忽左忽右地追殺他。但，不可思議……真正的不可思議是……他得以從那劫難脫身，之後他謹慎地展開新生活，一個月後無法忍受思念的寺內又再去到那個不可思議的城鎮一看，儘管有那麼劃分的一區，但就算試著從鄰居那兒打聽她的消息，怎料得打從一開始就沒有她這個人存在。

寺內再度花上了一天的時間，在淺草打探老人的行蹤，有好幾晚他都靠在那張充滿回憶的長椅上，直到最後還是沒能見到老人……

經過了兩年，在第二年的初夏，他偶然在歌舞伎座的華麗特等席上，發現了先前的老人，以及女人，而且還是兩個人在一起。

「喂喂！美代子，美代子！」寺內在眾人面前忘我地大叫。

《菊五郎的棒絞》[3]劇中正熱鬧滾滾地演到精彩的時候，基於某種因緣，眼神飄到特等席的寺內，那兒，喔喔，打扮得光彩奪目的她，正與先前那位不可思議的老人並肩坐著，大概是傭人吧，女人讓一位同樣美麗的年輕女子抱住兩歲的孩子，靜靜注視著舞台。

忘不了的長臉、眸子、嘴唇，而且那個老人，竟然穿著日間禮服，一臉平靜、從容不迫地坐在她身旁！

寺內多麼驚訝……那老人是何許人物？還有那女人，他所愛慕的美代子又是誰的夫人？現在看來，很明顯地，老人並非乞丐，而她顯然也不是船員的妻子！

「美代子……美代子！」

他再次忘我地呼喊。然後就那樣地從座位站起。

但此時，另一方面，老人和女人，不知是否認出了他的聲音，或是特別的時間到了，剛好也從座位起身準備回家。

寺內跌跌撞撞地穿越吵鬧的人群，儘管一度弄錯方向，仍舊拚命跑出玄關。跑出去之後，他看見老人和女人一起搭上轎車。還來不及思考，轎車已在不自覺間消失於黑暗中了。

稍微瞥見的司機長相，總覺得在哪裡看過似地，但那時候寺內並未想起來。

不過，他還沒有絕望。周圍的照明讓他清清楚楚地看到轎車車牌。從戲院的人們對待他們的慎重態度，司機對待他們的恭敬態度，說明了他們是大有來頭的老人與大有來頭的夫人。那輛轎車一定也是他們的自家用車……

他以一一一六六六的車牌作為基本資料，很快地得知女人是子爵脇阪夫人，老人則是入贅的七尾醫師。

他沒有一絲勒索的念頭。不過，知道這件事之後，在某種難以說明的東西驅使下，某天他造訪了麴町的子爵宅邸。然後，喔喔，那一點點的行動，竟將寺內推入這般不幸的境地！

「吶，仔細想想這是一開始就計畫好的，關於香菸的那件事。」長長的故事結束後他說道。

「打靶屋云云的姑且算是合理好了，但是事實上真的會發生嗎，還有大眾澡堂也好、日比谷的小偷也好，事實是否和他說的一模一樣呢？而老人為何要幫我到那種程度，吶，全是為了讓我和那女人發生關係，老人一定從以前開始便在物色適當的青年。他看過我的履歷表，只要演一整天的戲試探該位年輕人，不就能查明對方身為一個男人是不是完美的嗎？」

「特別是我，那天晚上一開始，已經被調查過身體的各個角落了。沒錯，就在那間沒有名字的大眾澡堂。那女人帶到歌舞伎的小孩子，啊！確實是我的孩子。他們一心想要孩子，所以才會那樣利用我。利用完後便想殺我滅口。一一一六六六的轎車，就是當我從那個不可思議的城鎮走進久違的人潮時，想要撞死我的車子。」

「我認得司機的臉！然後我好不容易和那老人見面了，該怎麼說呢，他們運用金錢和權力，終於將我送進這種地方。愈是辯解愈被當成病患看待，讓我深陷在這個無法逃脫的地獄。啊啊……有誰，有誰願意多少相信我的故事呢？那個孩子，將來的子爵，其實是我的孩子啊……」

在還算自由的精神病院一室裡，寺內告訴我這些故事。

聽說他自殺後，我想起了這個故事的點點滴滴。

不知讀者對於這故事，是否依然會將它視為精神病患的瘋言瘋語，完全不相信，不做任何思考呢？

1 世族為一八六九年隨版籍奉還賜與舊武士家族的身分稱謂。與華族不同，在法律上並沒有特殊待遇。一九四七年廢止。

2 法披為古日本式的短大衣。

3 《菊五郎的棒絞》是歌舞伎的劇名。描述某諸侯為了不讓家臣在自己外出時偷喝酒，遂將他們綁在棒子上。沒想到家臣照喝不誤，喝醉之後還戲弄辦完事回家的諸侯。

抱茗荷の説

抱茗荷之說

一九三七年一月

發表於《ぷろふいる》

山本禾太郎

本名山本種太郎。明治三十二年（一八九九年）二月二十八日生於神戶市，昭和二十六年（一九五一年）三月二十六日去世。關於他的資料甚少，僅知他是由海洋探測器製造公司的經理轉型為偵探作家。

山本禾太郎和西田政治[1]同為關西偵探文壇的長老，在文壇享有崇高地位。常和夢野久作[2]等人一起在《新青年》刊登作品。其戰前長篇作品〈小笛事件〉曾在《神戶新聞》和《京都日日新聞》同時連載，與甲賀三郎[3]的〈支倉事件〉並列為戰前「犯罪實錄小說雙璧」之一。

女人名叫田所君子。

君子不知道雙親的長相，也不知道名字，甚至連自己的出生地都無從得知。君子從懂事以來便與祖母兩人，住在山頂臨時小棚般的簡陋屋子裡。好像是從某個遙遠國家流浪到那裡的。

根據祖母的枕邊絮語，君子是在攝津[4]國家的風平村或風下村出生的，但現在則連村名、甚至是國名都已經從君子的記憶消失了。唯一像作夢般記得的是，後門有棵大柿子樹，夏天讓人覺得總有六尺長的大蛇，從屋頂爬到柿子樹上，或者像蜂斗菜那麼大的向日葵將臉望向太陽，不過這些事對尋找自己的出生地一點幫助也沒有。

然而，唯一可以確定的記憶，是站在後門往左方眺望，能夠看見遠方還要更高一層像矛一般的尖山，頂峰僅有一棵大松樹。那抹滿濃紫的山頂上，宛若用墨描繪般的一棵松樹，在美麗夕陽中顯得格外鮮明，這畫面異常清晰地殘留在君子的記憶裡。

自君子展開旅途以來，一遇到美麗的夕陽，常會站在別處農家的後門，試著觀探一下，不過關於自己記憶中的山或松樹毫無所獲。因此覺得連這個可靠的記憶，說不定其實只是君子製造出來的想像。

君子的祖母在君子八歲的時候離開人世。根據祖母在枕邊告訴君子的故事，君子的父親，在君子出生的隔年秋天就死掉了。父親是個重視善念的人，為了到四國、西國巡禮寺廟的朝聖者，開放一棟屋子作為結善緣的旅店。

朝聖者來到村中，詢問這村裡有沒有給朝聖者留宿的人家時，村人立刻指出君子家。於是各種樣貌的朝聖者都來住宿了。有的是看起來人很好的老夫婦，也有美麗的尼姑。

受一宿之恩的朝聖者們在別館解下行李，便會來到主屋的庭院，重新對君子的父親或母親打招呼。父親吩咐君子的母親要將煮的一些菜、湯、火鍋等東西拿到朝聖者的地方，有時候自己也會到別館，聽朝聖者說故事作為消遣，朝聖者也曾不請自來跑到主屋。聽說那時候母親會坐在父親身旁，安靜傾聽。不過，所有稱為朝聖者的朝聖者，並非全是美麗尼姑，或為人善良的老夫婦，其中也有眼睛負傷的彪形大漢、單薄虛弱好似幽靈的老人、沒有手的人等等，陰森悚然的朝聖者並不稀奇。當那種朝聖者投宿時，據說母親就會嚷著好可怕、好恐怖，然後縮在房子裡面不出來。

這麼一說，祖母的枕邊絮語似乎很有條不紊，其實祖母的故事並非這麼有次序。有時候，時間一長愈是說得斷斷續續的，而且大多是君子在懂事時從床邊聽來的故事，如今遙遠的記憶已模糊不清，那些故事片段，似乎只能和夢幻物語聯想在一起。但是，對君子而言也算是在臨時小棚般的陋屋裡與祖母兩人一起生活的愉快回憶。

她讓記憶的那頭逐漸褪色，用自己的想像一一補強祖母的故事，如今那些片段在君子心中似乎已發展成既定的事實。例如，和美麗的女尼聊天的父親模樣，坐在一旁安靜傾聽的母親模樣，女尼朝聖者的長相等等，就像電影似地清楚浮現。

父親的死，不，正確來說是被害死的，那一天有兩個朝聖者投宿。

一個是上了年紀六十二、三歲的老媼吧！不見一縷黑絲的滿頭白髮剪得短短的，朝後梳攏，是個身體看起來就像男人般健壯的老媼，雖然五官很高貴，但過於悖離老耆的體格，據說給人一種不太自然、氣味陰森的感覺。

另一位朝聖者也是女性。年紀和君子的母親差不多，大約三十七、八歲吧！這女人用灰色的高祖頭巾[5]將臉整個包起來，露出來的地方只剩眼睛。

據說那是一雙眼神非常清澈、美麗的眼睛。這位朝聖者連在房間裡，甚至吃飯的時候都沒有將高祖頭巾卸下，沒有人問就主動表示自己是因為罹患惡疾，臉部醜陋到讓人無法再看第二眼，所以才始終罩著頭巾，像打扮成像大師的這般模樣，據說她們當時是如此說道。

白髮的老媼和這個高祖頭巾的朝聖者，雖然穿著打扮都和一般朝聖者無異，卻有一種說不出的高貴氣質，一眼就知道並非所謂的乞食朝聖者，而是宗教朝聖者。

這個戴高祖頭巾的女朝聖者，似乎頗受祖母的注意。這是因為女朝聖者極度酷似君子的母親，從高祖頭巾的隙縫窺望出來的眼睛等等，簡直就像將君子母親的眼睛搬移到那裡似地，縱然是雙胞胎一詞也難以形容兩人酷似的容貌。如果，這個女朝聖者沒有戴高祖頭巾的話，據說根本分不出誰才是君子的母親。

兩人雖然假裝是偶然湊巧投宿在同一地方，但看樣子是一夥的，而且還是主僕關係，老嫗感覺上像是戴高祖頭巾女人的僕傭。

君子從祖母那兒聽到這兩個朝聖者的故事時，正因為是父親被殺當晚的事情，在年幼的心裡，就像聽什麼恐怖的鬼故事一般，害怕得蜷縮身體。如今記憶已淡薄，不再感到歷歷在目，但在兩人身影偶然浮上心頭的時候，父親的臨終、白髮的老嫗、高祖頭巾的女朝聖者等等，感覺上就像親眼目睹了一幅地獄圖似地。

無怪乎這幻象一再浮現在君子的心頭。

從兩位朝聖者投宿的前四、五日開始，君子的母親便因為高燒而下不了床。頸子長出小疙瘩，深為高燒所苦。

因此，她並不知道有這麼兩位女朝聖者投宿的事情。那裡是距離醫生居住的城鎮兩里之遠的鄉下地方，況且，在村子裡面，有人生病的話大家通常不會請醫生。

君子父親拿出自己到四國朝拜時隨身攜帶、據說是很珍貴的手杖，或是撫摸昏睡病人的頭，或是誦念經文，徹夜在妻子的枕邊照顧。

差不多到了拂曉時分，兩位朝聖者因為要早早上路，表明想和屋主打一下招呼，君子的父親遂離開病人枕邊，來到茶室。已經完全備好行李的兩位朝聖者，慎重地答謝留宿一夜之恩並說道：「聽說夫人身體違和，想必您一定很傷神吧，這東西就作為報答一宿之恩的謝禮，我們在當天早晨曾祈禱病人早日康復，這也是四國朝聖者該做的功課。這個護身符是巡禮四國十次以上方才授與、異常珍貴的護身符，讓病人喝下它吧！」她們說著，接著就拿出一個小小的金色護身符。聽說當時父親不勝感激，恭恭敬敬地收下這個似乎很靈驗的護身符，由衷地再三道謝。

兩位朝聖者離去之後，祖母像平時一樣，進入朝聖者過夜的房間察看，一如大部分的朝聖者，房間整理得相當乾淨，沒有留下任何東西。投宿的朝聖者在出發時必定會貼上一張符才離開的出口大門，因為貼滿符紙而突出一塊的那扇大門，據說好像也有那兩位朝聖者新貼上的兩張符。

儘管祖母的描述，委實只剩下很模糊的記憶，但君子確實看過，來自四國朝聖者的符紙，貼滿了大門內側，那些符紙一張疊著一張，就像貼畫的羽子板[6]一樣鼓鼓的。

父親將朝聖者所給的金符浮在水中想讓母親喝下，但聽祖母說當天早上已經退燒的母親，怎麼也不肯喝下它。即便父親像在哄小孩般，將茶杯抵在母親唇邊強迫她喝，母親仍搖著頭堅決不肯喝。父親拿著茶杯，看了母親的臉好一會兒，說了句這樣實在太浪費了，因此很隨性地張嘴一口將符水喝光。聽祖母說在那之後不到一小時之內，父親嘔出黑血，在痛苦中掙扎死去。

在祖母所有的故事裡，最鮮明殘留在君子記憶裡的，就是這件事。或許因為是父親橫死的重大事件，或是收下金色靈符的父親，為什麼會立刻死去的疑惑，抑或是這個令人感到不可思議的大謎團。

那兩位朝聖者，似乎不是只有在投宿君子家那一天才出現在村莊。據說大概在二、三年內，來過村裡五、六次，打探著村裡有沒有病人呢？確定沒有病人的話，便會直接離開村子，偶爾聽聞有病人出現，雖然會去確認是哪一戶人家，卻不在那戶人家現身，就那樣前往鄰村。

查明病人是君子的母親，然後才來投宿的事情，據祖母說是在父親死後聽村人提起才知道的。因此祖母不可能沒聯想到這兩個朝聖者和父親之死有關連，然而君子卻一點兒也沒聽祖母說過父親是被這兩個朝聖者害死的，諸如此類的說法。

有可能是君子忘記了。

反倒是祖母彷彿贊同父親之死的話語，隱隱約約殘留在君子耳底。

母親是一個柔順得叫她往東就往東，叫她往西就往西，菩薩心腸般的女人。那麼柔順的母親，會如此堅決地抗拒金符，一定是神明的啟示。而父親會立刻喝下它，則是受了神明的懲罰吧！

如果君子沒記錯的話，父親是否做了什麼會讓神明處罰的事情呢，這麼說來，父親在鄰里間廣為流傳的行善之舉，是否有什麼原因呢？祖母似乎不常提起這個親生兒子，也就是君子的父親。相反地對於媳婦，也就是君子的母親，則是每日每夜沒一天不掛在嘴邊的想念。

母親是父親的續絃，比父親年輕了二十歲以上，臉蛋和心地都很美麗，十分疼愛在君子出生前便已去世的繼子，那個繼子對君子而言算是同父異母的哥哥。

不知是否真如文字所描寫的紅顏薄命，母親好像是個境遇凄涼的女人，尤其是嫁給父親之前，曾被夫家休妻，被趕出家門，遭逢的悔恨和悲傷絕非一般人所想像，但聽說母親絕口不提過去。等她嫁給父親後，在此地定居，婆婆待她一如對待親生女兒般疼愛，丈夫也很喜歡她，在產下獨生女君子之後，正是可以寬心之際，父親竟死於非命。

說到母親的時候，祖母經常眼泛淚光。儘管如此疼愛媳婦，但祖母好像完全不清楚母親的來歷。她是如何與父親結緣的，君子甚至連聽都沒聽過。

據祖母的說法，一直到產下君子前，母親的精神都好像遺留在前世般，儘管柔順，看起來卻也像個傻子。然而，儘管如此，彷彿洞穴般空虛的身體某處，卻又散發出一種猶如蒼白螢火的幽光，教人不寒而慄。

不可思議的是，雖然從沒收過來信，但母親卻每個月從未間斷地寫信，還會自己拿到二里外城鎮的信箱寄出。祖母長久以來一直很想知道母親的來歷，想了解信裡究竟寫了些什麼，卻沒有機會窺知內容。唯有一次，聽說祖母發現了寫不到十行的紙團，上面寫滿了陰森恐怖的詛咒之詞。信上的遣詞用句，君子似乎聽祖母說過，但現在則什麼都想不起來了。

狀似性格異常的母親，自從產下君子後彷彿換了一個人似地，變得既圓融又溫和。就像是迄今遭到附身、無以名狀的獸性已然消退，恢復了原本的人格，據說從此以後母親便不再寫下任何一封信。

父親橫死後，高燒已經完全退去的母親才聽說前晚有兩個朝聖者投宿，一聽到戴著高祖頭巾的那一人長得很像自己，她顯得極度訝異，就那樣又再度跌回病床上。

父親死後，不甚富裕的家似乎急速跌入沒落深淵，因為耕地也失去了，遂將長工解雇，偌大的屋子只剩下祖母、母親和君子，三人孤伶伶地過日子。

最後為了賺取米鹽之資，母親不得不夜以繼日地織布。日子一天比一天還苦，再這樣下去非得三人一起餓死不可，於是母親一度返回故鄉，留祖母一人在家。

從父親橫死、家道中落，一直到母親起身返鄉，這也是長久以來斷斷續續、順序顛倒聽來的故事，如今君子只能想起其中的一鱗半爪。

思及祖母描述母親啟程時的故事，不知何故君子竟玄妙地聯想到抱茗荷家徽[7]，以及山茶花。這絕對不是祖母故事的重現，一定是在聽到祖母的故事後，聯想到君子親眼所見的記憶。但為什麼會從母親的返鄉聯想到抱茗荷和山茶花呢？

君子家的家徽是什麼呢？君子懂事的時候，家道已經中落了，附有家徽的東西等等，她從未在家裡看過，只有一個祖母在收放手邊物品時所使用的燈籠箱還附有家徽，不過君子記得那好像是圓形裡有四個正方形，這一定是圓形四目紋沒錯。

因此君子的記憶裡不應有抱茗荷存在。即便是山茶花，君子和祖母一起居住的禿山臨時小棚附近也沒有山茶樹，就算在山裡或其他人家的庭院等等地方看過，她也不認為那與母親的返鄉有所關連。君子覺得一定是更為重大的事件，當時的所見所聞才會如此深刻地烙印下特殊記憶。

從君子隨母親返鄉，到再度返回祖母身旁的經過，同樣也聽祖母說過好幾次，但這並非祖母親眼所見的經歷，君子認為，其中多半摻雜了自己的童言童語，再經由祖母的想像創造出來。

一大早，天還沒亮便被母親帶離家門的君子，或搭乘火車，或換車，或搭乘船隻，中間也有打瞌睡，或是睡得很熟的時候被搖醒，沿路處於半夢半醒的狀態，因此完全沒有記憶，隱約只記得從共乘馬車下來以後的路途非常遙遠。有小河，也攀越了小山，還有不知會延伸到何處的長長田埂。

經過了好幾個圍牆開著山茶花、菊花等等的閑靜村子。之後的路程或是由母親揹著君子，或是牽著母親的手行走。

途中確有過夜，但想不起來是一次還是兩次。僅僅記得走在變暗的鄉下道路時的心慌及矮房成排的鄉下城鎮裡，孤零零地點著四角瓦斯燈的客棧。第二天又是同樣的路途。那時候，母親的確戴著高祖頭巾。

一路上的記憶，就像是作夢般沒有任何關連，是回憶中的路途景色呢？亦或是，決定展開旅程以後看到的景色呢？根本沒有清楚的界線，但她想，唯有母親戴著黑色皺綢頭巾一事是不會有錯的。

走在松樹稀疏、悠長平緩的坡道上，眼前豁然展開的是一片延續至遠方地平線的廣闊草原。舉目不見一戶人家，遙遠的右方有個非常大的池塘，可以看到池塘對面有座小森林，以及圍繞在周圍的白牆。太陽已經偏西，這寬廣的水池綻放出狀似冷冽的光芒。

母親曾指著這片小森林對君子說了一些話，但那時候母親究竟說了些什麼，君子怎麼樣也想不起來。

現在試著回想，這可是極重要的事情，縱使只能想起當時的一字半句，彷彿夢境的一切一定能由暗轉明，雖然君子覺得可惜，卻怎麼樣也想不起來。

下山後抵達森林一看，那是一片十分遼闊的森林，漫長的田地，盡頭聳立著一扇彷若諸侯城堡裡的大門。君子的母親站在門前，猶豫了一會兒，對君子說：妳暫時在這裡等喔，媽媽很快就出來了……，讓不願意的君子在那裡等待，母親戴著高祖頭巾就那樣走進大門裡面。之後，母親從來都沒有從這扇門走出來。

在那之後，已經過了十年的歲月。那時候自己的寂寞渺小身影，君子至今仍可以清楚地描繪出來。

大約等了一個小時吧！附近沒有人家，當然也不可能有人經過，小孩子沒法兒一直乖乖不動，便試著悄悄進到大門裡面，屋子在哪裡呢？有好幾棵大樹，一條和通往大門外側道路相同的通道，消失在森林深處。君子覺得很恐怖，再一次折回大門外邊，頂著快要哭出來的神情般沿著圍牆在宅邸周圍繞圈，不過周圍的小門緊緊關著，不管往右轉或是往左轉，圍牆的盡頭處都是水池。太陽漸漸西沉，風很冰冷，君子終於邊哭邊走進大門。

到處都是石燈籠，石橋橫跨在像是從池子連接而來的小川之上，內部構造簡直和宮殿一模一樣。延續長長的圍牆，類似倉庫的建築物天花板上懸掛著龍吐水[8]的木箱、火災現場用的提桶等等。像是神社辦事處的大玄關，一旁的天花板上，吊掛著宛如戲臺上老爺所乘坐的肩輿[9]。

君子邊哭邊用身體推開像是後門出入口的大扇便門。屋子裡不知道有沒有人在，無聲無息安靜到連一聲咳嗽都沒有。君子繼續抽咽，站在那裡，因為好像沒有人會出來，遂悄悄地窺探裡面。那地方沒半個人影，黑到發亮的木頭地板上整齊排列著像是用藺草編成的高級拖鞋。君子試著媽媽、媽媽叫了兩、三聲，不過沒有任何人回答。君子不知所措地佇立在昏暗的庭院。

半晌從屋裡，隨著安靜的腳步聲，走出一個五官平坦的老人。老人雖然看到君子站在那兒卻一點也不驚訝，立刻下到庭院，說了句跟我來，就那樣走往出口的方向。君子除了聽從這個老人之外別無他法。

老人沉默地沿著圍牆行走。君子認為跟著這個老伯走就能到母親那兒，有時還要小跑步加快略微落後的腳程，跟隨在老人身後。

離開圍牆穿越大樹間隙，順著小河走了一會兒，便能從樹木隙縫看到經黃昏照射而閃著微光的池水。站在池畔的老人，等待君子的到來，那個，就是妳媽媽喔！說罷指向池水。樹枝覆蓋在水面之上，雖然益發昏暗不清，但陽光還是穿越樹梢射出微弱的光線，水裡漂浮著母親的屍體。

君子打算牢牢記住老人的臉，不是因為老人帶她去看屍體，而是他將君子送回祖母那兒。然而原本打算謹記在心的老人長相，隨著歲月流逝，變得愈來愈模糊了，和後來認識的自炊旅店老闆，偶然投宿在一起而熟稔的江湖老藝人等等的臉混在一起，完全脫逃於記憶之外，現在甚至連想都想不起來了。也許連想謹記在心的打算都靠不住也說不定，不用說這地方有棟豪宅般的屋子一事，也只留下恍如夢境的記憶。

根據祖母的說法，在君子隨母親返鄉後的第六天晚上，君子一個人抱著大大的人偶回到簡陋的小屋子。媽媽怎麼了？就算問她，君子都只會說她走進大門之後就沒有出來了，媽媽已經死掉浮在水池裡面，不管問什麼都不得要領，問她和誰一起回來的，也只回答別人家的老伯，為什麼媽媽會死掉，是誰送妳回來的，完全問不出個所以然。

祖母嘗試從君子抱回家的人偶身上尋找線索。人偶穿著菊菱圖紋，零星散布、深紅色的皺綢長襦袢[10]，外頭罩著在紫紅底布染上野菊的皺綢衣裳。祖母無從判斷腰帶是什麼樣的織錦，不過絕對是時代久遠的錦緞，雖然不清楚人偶出自何方，但似乎是歷經相當年代的物品，還有身上的衣裳等等，也都不是現代的東西。儘管像那樣帶著古老氣息，仍可看出受過細心呵護，頭髮一縷不缺，略微發黃的臉蛋反倒增添了美感。不管如何，對拿來哄小孩而言，都太貴重了。然而，從這尊人偶身上卻完全找不到半點和君子母親離奇死亡有關的線索。

在那之後，關於君子母親之死，祖母不斷唸著萬萬想不到，然而歲數已大身體也不中用了，身心都為之衰塌的祖母，最後也只得死心放棄，因為日子過得太苦了，開始表示回娘家籌措生活費的母親一定是因為借不到錢，進退兩難之際才投池自殺。

君子想著自己看過母親的屍體，但她又想，那個不知道是不是將母親之死，和展開旅程後見到的池畔風景結合在一起的夢境。若依祖母的故事，自己不可能完全記得，斷斷續續像是恰巧回憶起夢境般偶爾略過腦海，這樣豈不與用想像力縫綴每一片記憶而成的夢幻物語無異？

不過，君子現在將人偶寸步不離地帶在身邊。

只要這個人偶還在，便能證明母親死亡前後的經歷並非作夢。然而對君子而言，抱著人偶從遙遠的地方，被陌生老伯送回祖母住處的記憶，卻蕩然無存。

祖母在君子八歲時去世。

在那之後，君子捨棄荒山小屋，進城幫人家帶孩子，但君子實在不喜歡保母的工作。某日兩手空空漫無目的地來到城郊，那裡的空地有一對像是夫妻的藝人引來人潮，正在表演戲法。

女人坐在表演道具旁敲打太鼓，似乎是她丈夫的男人在前方表演吞雞蛋或吞針。表演過一輪後，女人站起來，遞出一只褪色的盤子，一錢、二錢的收集賞金。不久人群散去後，就只剩下兩個藝人和君子。君子遲遲不肯離開那裡。江湖藝人將表演道具放上小車子，掛上表演服裝，君子仍舊沒有離開的意思。

就這樣君子終於隨著這對江湖藝人展開一段又一段的旅程。

江湖藝人會在氣候轉暖時向北行，轉涼時向南行。而且去年走的是東海道[11]的話，今年就是中仙道[12]，每年的巡迴演出路線都不同。

君子絕不是喜歡江湖藝人的工作。特別是年紀漸長，雖然討厭這行飯，但有一件事卻比工作還厭惡。那就是目前如同是她父親的師父，喝酒後便會發酒瘋，比那更加難以忍受的，是他毛手毛腳的態度。

能夠忍受十年之久的原因，和師娘為人非常親切、總是挺身庇護有關，但更是為了一個夢想，她想找出母親最後投身的池子，弄清楚前後的內情。

今年也是一開始颳起涼風，君子他們便往南繼續旅行。

某一天，首日表演結束的那一夜，可能是因為那天賺了不少錢，師父喝得比平日還多，再度對君子上下其手。君子激烈地抵抗，喝醉的師父揚言：「我要殺了妳。」揮舞著厚刃菜刀引發不小騷動。那一夜大概是對再三騷擾的行為忍無可忍，師娘終於幫助君子逃亡，而且告訴她可以投靠一位曾在旅行中認識的女子，那人找到一分正常的工作，就住在五里外的城鎮，還為君子寫了一封介紹信。

君子提著從不離身放在包袱裡的人偶踏上夜路。就這樣君子從長達十年的江湖藝人生涯就此收手。

抵達師娘介紹的人家後，隔天君子在四下無人的地方悄悄從包袱中拿出人偶檢查。因為長久以來都包在布巾裡面，她擔心是否有所損傷。所幸人偶沒有半處毀損，不過衣裳卻都已經脫落了。君子懷著重新幫它穿上衣服的念頭脫掉了衣服。君子雖然擁有這尊人偶十二、三年，此時卻是第一次脫掉它的衣物。祖母死後當上保母，之後是有一餐沒一餐的江湖藝人，一直到今天以前，君子都沒有脫掉人偶衣物一窺究竟的冷靜心情。

見到裸體人偶的君子，在上頭卻發現了不可思議的東西。人偶的左乳上方一帶有顆像是梅花的黑點。那絕非人偶一開始即有的傷口。很明顯是後來才用毛筆畫上去的。

不經意地翻看人偶背部，那裡竟寫著「抱茗荷之說」。如果君子的記憶裡沒有抱茗荷的家徽，必定會覺得摸不著頭緒。然而，為什麼要寫上這種東西呢？以及那個有什麼意涵呢？任憑君子怎麼想都想不透。君子唯有將這份不可思議，悄悄收進人偶的衣裳之中。

君子在十年旅程中，每當去到陌生的土地，一定會詢問這一帶有沒有像湖那麼大的池子。不用說那是為了尋找恍若夢境般留在記憶深處、被湖畔森林所包圍的人家。

屋子的主人告訴她，一里外的地方有個大水池。並表示道：「從前這城鎮的村長家有對感情交惡的孿生子，兄弟鬩牆到最後，弟弟竟然放火燒房子。為此整座城鎮付之一炬。自此以後，孿生子被視為仇人轉世，受到居民極度地忌諱。然而村長家後來又再產下孿生子。生下孿生子的村長家媳婦苦惱之餘竟攜著孿生子投池自盡。那池子至今仍被稱為『孿生子池』」。而且，屋主還告訴她，自古便流傳著那池子周圍的田地，所長出來的茗荷，據說都是兩個兩個抱在一起的形狀。

君子以化名白石松江受僱到位於孿生子池畔的豪宅當女傭，是在那之後不久的事情。受僱於這戶人家之後，潛藏在君子身體某處的記憶便逐一浮現。像是諸侯城堡的大門、吊掛在玄關一側的塗漆肩輿、龍吐水的木箱等等，那雖是事實，卻遠比想像中醜陋，儘管蒙上塵埃殘破不堪，但無疑是宛若夢境般沉澱在記憶深處的畫面。尤其是抬頭仰望鑲嵌著抱茗荷家徽及像是諸侯乘坐的黑漆肩輿時，彷佛是撥雲見日似地，讓君子清清楚楚地憶起了抱茗荷家徽。

那個是目送母親走進大門裡面的時候，母親戴著的高祖頭巾下垂至背脊部分，以手染製成的大圖紋。

她也試著去到浮現母親屍體，記憶中的池畔。

在那兒，綻滿花朵的山茶樹枝覆蓋在水面上方，掉落的山茶花沉落在略微染紅、但又像琥珀那般清澄的平淺水底，上面也有花朵漂浮。聚精會神地凝視池水，母親仍舊罩著高祖頭巾的美麗屍體，似乎還能在水中清楚看到。

這麼淺的地方會淹死人嗎？君子忽然想到。

母親有可能放著獨生女的自己在門外等待，自行跑去自殺嗎？帶著高祖頭巾的朝聖者，她的金符應該是要給母親喝的而非父親。母親不是被殺死的嗎……母親是被殺死的……那麼想的話，以前彷彿是夢境般的諸多謎團便一點一點地解開了。

中風，嘴巴和身體都無法自由行動，老是在睡覺的老嫗，頭髮雖然變得相當稀薄，然而不正是沒有摻入半根黑髮的滿頭雪白嗎？雖然聽說長工芳夫的父親已經去世，但他一定是十年前送她回家的老人沒錯。

假設，中風在床的白髮老嫗，以及守寡的女主人，是那時候的兩位女朝聖者，兩人一定認為母親喝下金符死掉了，沒想到會在數年後突然現身。揣測她們非殺了母親不可的推論一點都不勉強。

說到女主人，君子有一種不可思議的感覺。她和年幼心靈中記得的母親面容極度酷似，母親遇害的原因不就在這裡嗎？

開始思索的君子，百思不得其解，最後她認為解謎關鍵一定是在人偶身上。

某一天晚上，夜深後君子悄悄拿出人偶端詳。

首先解開衣物，從襦袢到和服、腰帶，仔仔細細地查看，但沒有發現任何異樣。寫在背後的「抱茗荷之說」，指的一定是孿生子生來相剋的傳說。

這是馬上就能想到的，不過左乳上方的梅花圖樣是什麼意思？對君子而言，這謎題並不容易解開。

思索到最後，君子猜想寫在背後的「抱茗荷之說」，必是表示內容的主題。所以這尊人偶的某處，是否隱藏著那個內容呢？這一點除人偶內部外，再無其他可探察的地方。君子痛下決心拔掉人偶的頭一看，裡面果真藏著一張字條。

姊妹如同抱茗荷之說，是仇敵轉世的孿生子，而且兩人神似到任誰都無法分別。姊妹的母親各給她們一尊人偶，為作區別讓人偶穿上不同的衣服。不過人偶全裸的時候還是無法區分，遂在其中一尊人偶的左乳上方畫上梅花圖樣。那是因為某一位的相應部位有顆梅花形的痣。姊妹從小感情不睦，適婚年齡之後又爭奪同一個男人。

這場爭鬥由姊姊獲勝，姊姊雖然和男人結婚，卻因兩人容貌根本無法區別的可怕孽緣，男人將妹妹錯認成姊姊，諸如此類的醜陋爭鬥不斷上演。即便是男人去世，失去彼此爭奪的目標，敵人轉世的兩人還是繼續爭奪莫大的家產，不過現在已經沒有必要爭鬥了。也就是說，已經不需要這尊人偶了，就讓這尊人偶代替死去的母親送給妳吧！

沒有日期也沒有署名。

關於描繪在人偶胸口的梅花圖樣，讀著這張紙條的時候君子已經明白。因為她想起來了，沉澱在記憶深處，母親左乳上也有顆痣一事。不過，這張宛如信件的紙條卻給君子帶來一個更大的疑問。

君子拿著那張紙條陷入沉思。

夜已經很深了，附近陷入一片死寂。赫然回神後，聽到走廊傳出安靜得像是刻意放輕的腳步聲。君子急忙吹熄油燈，四周就像漆液般一片黑暗。君子縮在房間一角屏住呼吸，狀似盡可能安靜行走的腳步聲，停在君子的房間前面就那樣靜止不動。

半晌，拉門無聲無息地打開，讓人聯想到幽靈入侵時大概就是那樣子！君子凝住瞳孔，像貓頭鷹似地張大眼睛，但它真的是幽靈嗎？看起來就只是黑暗中的模糊影子，完全認不出來對方是誰。偷溜進來的東西雖然靜悄悄地潛入君子房內，但她卻保持靜止不動。

君子節節倒退，彷彿蝙蝠一樣將身子貼近牆壁。定睛一瞧，一片漆黑中好像噗噗冒出幾顆狀似肥皂泡的五彩泡沫。君子趕緊眨眼，就在那時候，不知道受到什麼驚嚇，偷溜進來的東西著急地，卻又安靜地關上拉門，從和來時相反的走廊離去。那時候君子果然聽到遠處的走廊，傳出了像是偷偷走過的腳步聲。

這種事情並非那一夜才發生，這已經是第三次了。而且不可思議的是，三次都由遠處走廊傳出的其他腳步聲解救了君子。

自從她開始懷疑母親是否為自殺，立志追溯夢境般的記憶，確認母親的死因以來，身邊一直能感受到宛若監視的目光，甚至能感受到自己生命正暴露在危險中的不安。

類似今晚的事情已經發生三次，一定是想要自己的命。

從人偶腹中拿出來的信紙，寫著如今已經沒有必要鬥爭了，已經不需要這尊人偶了。這一定是指既然母親已除，也就沒有爭鬥的必要，當然也不需要人偶了。因此君子探究母親死因的舉動必定很令她們恐懼。

為了斬斷禍根，所以才想殺了自己。弒母凶手殺了父親，她也想殺了自己嗎？我一定要報仇——君子悲壯地下了決心。

在那之後君子每晚都整裝以待，黑影果然在十天後出現。和先前一樣在拉門外面佇立良久的黑影，踏入君子漆黑的房間一步，凝神站在原地窺探室內的動靜。君子在黑暗中凝住瞳孔。於是，按照慣例走廊某處傳來人的腳步聲。黑影似乎在口中呢喃了一句什麼，就那樣按照原路闔上拉門離去。君子敏捷地追隨其後。

黑影筆直地迎上長廊，拉開雨窗，穿越樹木靜靜走在能夠看見水池的沿廊。君子像蜘蛛般貼著房間的拉門，穿越無處可躲的悠長走廊尾隨在後，擔心前方的黑影是否回頭襲擊自己，極力壓抑因不安和恐懼而高漲的氣息。然而黑影在走廊轉彎處越過小橋，消失在偏屋中。

那裡是女主人的房間。

果然，一切正如君子所想。那位女主人，雖然不知道是母親的姊姊或妹妹，但怎麼說都是自己的阿姨。縱使她是阿姨，既是奪走父親，殺害母親，連自己都想除掉，魔鬼般的阿姨，難道就不應該報仇嗎？當君子折回自己的房間正欲進去的時候，走廊的黑暗處傳出刻意壓低的聲音。

「松江小姐。」

君子心頭一驚，站在原地動也不動。

「我一定會保護妳的安全。」那是長工芳夫的聲音。

「有些起風了吧！可以略微聽見孿生子池的蘆葦鳴啼。

我父親做了什麼事，兒時的我並不清楚。不過小時候我所知道的父親是個非常爽朗的男人，是在晚飯小酌幾杯、心情好的時候也會哼歌的男人。那是在我幾歲的事情呢？

我想大概是九歲或十歲左右的時候。

之前從未在別處過夜的父親，有二、三天吧，對我而言就像四、五天那麼長……因為我沒有母親，那次父親又外出那麼久……沒有回家。從那以後我便覺得父親的性格完全走了樣。飲酒量也一口氣增加，別說哼歌了連笑臉都鮮少出現。

我當時還小，並不十分在意，隨著年歲漸長，終於清楚了解到父親為了什麼煩惱而痛苦。在四下無人的地方和女主人交頭接耳的時候等等，若我碰巧經過父親附近，他便會鐵青著臉對我怒目而視。一直到父親臨死前我都不清楚他在煩惱些什麼。

父親無法背負這麼大的罪過就那樣死去吧！他在彌留之際，終於對我說出實情：『我殺了人……我很同情成為孤兒的君子小姐……』

因此從妳來到宅邸的那天起，看到妳和妳母親年輕時神似的容貌，我就已經明白妳並不是白石松江，而是田所君子。請妳安心吧！我絕對不是妳的敵人。」

就那樣芳夫消失在漆黑的走廊。

然而君子仍存有一絲懷疑。她的確想知道女主人是否真為弒母凶手，如果當真是她殺的，讓她苟活著受一點折磨也無所謂，君子為了復仇思考再三，那之後又過了幾天。

君子打開收在倉庫裡面，包在抱茗荷紋琴外的油布，仿照高祖頭巾那樣罩在頭上，那一個夜深她偷偷來到女主人的房間。

打開紙門站在暗處，似乎尚未入睡、從被褥起身的女主人，瞬間像是不敢相信自己的眼睛似地，凝視著君子的身影一動也不動，下一秒鐘，啊……低呼一聲站了起來，以類似游泳的動作挨近君子。但，她似乎在那兒看到了什麼，像尊雕像似地呆住不動。

連君子也沒有察覺，芳夫就站在君子身後。

隔天女主人終日離不開床。

君子佯裝沒事繼續幹活。每當君子有事要進入女主人的房間時，芳夫總是佇立在窗下。

之後，又過了數天。君子趁女主人不在，將人偶裝飾在凹間[13]。她打算以此做為最後試驗。女主人，雖然暫時沒有發現，但不經意瞥見凹間的人偶後，立刻抱起它悄悄環伺房間，猶如拿著極度恐怖的東西般輕輕放在榻榻米上。然後……果然……知道了……彷彿呢喃般地說。

在下一個隔間窺視的君子和芳夫，私下看了看彼此。

君子讓金符漂浮在茶水上，讓因中風而嘴巴身體不聽使喚，始終躺在房間的白髮老嫗喝下。老嫗以中風者特有的表情暫時注視著茶杯裡，不久像是在求饒般撲簌簌地落淚低了好幾次頭。

君子將父親臨終前的故事，告訴坐在一旁面露訝異的芳夫。

芳夫說：「松江小姐，妳是女性，希望妳千萬不要莽撞行事，為了妳，我赴湯蹈火在所不辭。而我有義務代替父親向妳贖罪，為妳父母報仇的義務在我身上。」

那一天的孿生子池沒有起風便盪起漣漪，眼看就要降雨的烏雲開始大量聚散。下午開始吹颳的風勢，果然在傍晚就喚來雨氣，到了夜裡便轉變成暴風雨，隨著夜深愈來愈激烈，圍繞這棟大宅的所有林木，在極度駭人的暴風雨中，宛若陰魂般不停跳著恐怖的舞蹈。就連堅固的建築物，每當暴風雨掠過時也會陰森作響，橫向拍擊的雨勢在雨窗撞出莫大的聲響。

芳夫靜靜打開拉門。女主人像是為連日來的疲勞用盡身心所有氣力，兩手虛弱地放在睡衣上似乎睡得很熟。

偷偷挨近枕邊的芳夫揚起斧頭。再一次，激烈的雨勢攔腰掠過雨窗，隨著激烈地、猶如撕裂絲綢般的聲響，從下一個隔間跑過來的君子，屈膝跪在女主人身旁。

女主人露出有顆梅花痣的左胸，細微睜開的眼睛噙滿了淚。

1 西田政治：一八九三～一九八四，《新青年》懸賞小說的第一屆得獎者。

2 夢野久作：一八八九～一九三六，日本推理小說作家，本名杉山泰道，最出名的作品為涉及精神病學的《腦髓地獄》，被譽為日本推理小說四大奇書之一。

3 甲賀三郎：一八九三～一九四五，本名春田能為，小說家、推理作家、戲曲作家。

4 舊國名之一。在現今的日本，包含大阪府西部與兵庫縣西南部。

5 日本古代女性的禦寒衣物。頭巾取自衣服袖口的形狀，戴上後臉蛋便猶如從袖口中露出。

6 羽子板是一種長方形帶柄的板，一般在日本過年時玩球類遊戲時所使用。玩法類似以大的乒乓球拍來打羽毛球。

7 茗荷，別名陽藿，薑科多年生草本植物，可食用。以茗荷作為紋飾設計的「茗荷紋」乃日本十大家徽之一，可再細分為多種樣式，如左右圖案對稱的「抱茗荷」款式。豐臣三中老之一的堀尾吉晴武士之家徽即為抱茗荷圖樣。

8 江戶時代的木造消防用具。

9 轎子。

10 穿在和服裡面的襯衣。

11 江戶時代的五街道之一，沿著太平洋從東京前往京都的路徑，沿途有五十三個驛站。

12 江戶時代的五街道之一，從江戶日本橋出板橋，途經上野、信濃、美濃，在近江草津和東海道接合，經過大津抵達京都，沿途有六十九驛站。

13 是日本住宅裡疊蓆房間（和室）的一種裝飾。在房間的一個角落做出一個內凹的小空間，主要由床柱、床框所構成。通常在其中會以掛軸、生花或盆景裝飾。

國家圖書館出版品預行編目資料

腐爛的美麗：日本驚悚短篇小說選一 / 蘭郁二郎等著；銀色快手等譯 . -- 初版 . -- 臺北市：八方出版 , 2018.02

面； 公分

ISBN 978-986-381-177-0(平裝)

861.57 107000125

腐爛的美麗：日本驚悚短篇小說選一

作者 / 蘭郁二郎 等
譯者 / 銀色快手 等

發行人 / 林建仲
副總編輯 / 洪季楨
執行編輯 / 洪季楨、駱潔
美術編輯 / 蕭彥伶
封面設計 / 李涵硯
版型設計 / 李涵硯

出版發行 / 八方出版股份有限公司
地址 / 臺灣臺北市中正區 10076 重慶南路三段 1 號 3 樓 -1
電話 / (02)2358-3891 傳真 / (02)2358-3901
E-mail / bafun.books@msa.hinet.net
Facebook / https://www.facebook.com/Bafun.Doing
郵政劃撥 / 19809050 戶名 / 八方出版股份有限公司

總經銷 / 聯合發行股份有限公司
地址 / 臺灣新北市 231 新店區寶橋路 235 巷 6 弄 6 號 2 樓
電話 / (02)2917-8022 傳真 / (02)2915-6275

定 價 / 新台幣 250 元
I S B N / 978-986-381-177-0
初版一刷 2018 年 2 月